Zu diesem Buch

Die tragische Geschichte eines Mädchens, das zum Sohn erklärt und zum Mann erzogen wird. Nach dem Tod des strengen Vaters beschließt Ahmed jedoch, sein/ihr verborgenes Geschlecht zu erforschen. Tahar Ben Jelloun verfolgt das Aufblühen dieses zum Manne verbildeten Weibes, die Entdeckung ihrer Lust, ihre Gefährdung und ihre Zerstörung als sinnliches Wesen.

«Was sich mit Ahmed begibt, erschließt sich durch ein Kaleidoskop von Geschichten, durch eine ausgebreitete orientalische Erzählpracht von bewundernswerter Dichte. Es wird nicht einfach linear berichtet, sondern das Geschehen wird von den verschiedensten Seiten her aufgerollt, ausgebreitet und mit Erfahrungen und Träumen ergänzt; damit wird der Wahrheitsanspruch immer wieder in Frage gestellt. Ein europäischer Leser muß sich zuerst aus dem logischen Erzählstrang hinausbegeben und an die Fabulierfreude der arabischen Literatur gewöhnen.» («Berner Zeitung»)

Tahar Ben Jelloun, geboren 1944 in Fes (Marokko), studierte Philosophie in Rabat und Psychologie in Paris. In französischer Sprache erschienen sieben Romane, sieben Gedichtbände und zwei große Essays. Für «Sohn ihres Vaters» erhielt er den literarischen Antirassismus-Preis der Bewegung «SOS Racisme», für «Die Nacht der Unschuld» 1987 den bedeutendsten französischen Literaturpreis, den Prix Goncourt. Tahar Ben Jelloun lebt seit 1971 in Paris.

Tahar Ben Jelloun

Sohn ihres Vaters

Roman

Aus dem Französischen von
Christiane Kayser

rororo

Rowohlt

29.–38. Tausend Oktober 1990

Veröffentlicht im Rowohlt Taschenbuch Verlag GmbH,
Reinbek bei Hamburg, Oktober 1989
Originaltitel «L'Enfant de sable»

Lizenzausgabe mit freundlicher Genehmigung
des Rotbuch Verlages GmbH, Berlin, 1986
Umschlaggestaltung Walter Hellmann
(Foto: Harry Gruyaert/Magnum)
Seite 6: Islamische Gebetsanrufung
in Form eines Falken oder Adlers
Satz Sabon (Linotron 202)
Gesamtherstellung Clausen & Bosse, Leck
Printed in Germany
780-ISBN 3 499 12302 9

Inhalt

Mann

Zuerst war da dieses Gesicht, einige senkrechte Runzeln zogen es in die Länge wie von ferner Schlaflosigkeit gegrabene Narben, ein schlecht rasiertes, von der Zeit ausgehöhltes Gesicht. Das Leben – welches Leben? ein seltsamer aus Vergessen gesponnener Schein – hatte es wohl mißhandelt, verstört, ja gar verfinstert. Man konnte darin eine tiefe Wunde lesen oder ahnen, die nur einer ungeschickten Handbewegung, eines aufdringlichen Blickes, eines forschenden oder übelwollenden Spähens bedurfte, um wieder aufzubrechen. Er vermied, sich dem grellen Licht auszusetzen und hielt den Arm schützend vor seine Augen. Tageslicht, das Licht einer Lampe oder des Vollmonds verletzte ihn: Es entblößte ihn, drang unter seine Haut und förderte dort Schande oder geheime Tränen zu Tage. Er spürte, wie jenes Licht seinen Körper überlief wie eine Flamme, die seine Masken verzehrte, wie eine Klinge, die langsam die dünne Haut über dem Fleisch abzog, die er so nötig zwischen sich und den anderen brauchte. Denn was wäre er noch nach der Vernichtung dieses Zwischenraums, der ihn von den anderen trennte und schützte? Er würde nackt und schutzlos in die Arme jener geschleudert, die ihn mit ihrer Neugierde, ihrem Mißtrauen und sogar mit zähem Haß unermüdlich bedrängten; sie hielten nur schwer die Schweigsamkeit und Klugheit einer Gestalt aus, die sie durch ihr bloßes anmaßendes und rätselhaftes Dasein verunsicherte.

Licht entkleidete ihn. Geräusche stürzten ihn in Verwirrung. Seit er sich in dieses Zimmer oben neben der Terrasse zurückgezogen hatte, ertrug er die Außenwelt nicht mehr, er trat einmal täglich mit ihr in Kontakt, wenn er die Tür für die Magd Malika öffnete, die ihm Lebensmittel, die Post und eine

Schale Orangenblüten brachte. Er mochte die Alte, die zur Familie gehörte. Sie war diskret und sanft und stellte ihm niemals Fragen, doch es war, als verbinde ein gemeinsames Geheimnis die beiden.

Geräusche. Schrille oder tonlose Stimmen. Vulgäres Lachen, die betäubenden Schlager aus Radiogeräten. Eimer Wasser in den Hof geschüttet. Kinder, die eine blinde Katze oder einen dreibeinigen Hund quälen, der sich in diese Gäßchen verirrt hat, in denen sich Tiere und Verrückte wie in einer Falle fangen. Die Klagen und Wehrufe der Bettler. Der Gebetsruf, der fünfmal täglich über schlechte Lautsprecher kreischte. Das war kein Gebetsruf mehr, sondern ein Aufruf zur Revolte. Alle Stimmen und Laute zogen aus der Stadt hoch und blieben genau über seinem Zimmer hängen, bis der Wind sie zerstreute oder abschwächte.

Er hatte diese Allergien entwickelt; sein durchlässiger und gereizter Körper nahm sie bei der geringsten Erschütterung auf, verinnerlichte sie und hielt sie so lebendig, daß das Einschlafen sehr schwer, wenn nicht unmöglich wurde. Seine Sinne waren nicht, wie man annehmen könnte, zerrüttet. Im Gegenteil, sie waren besonders wach, aktiv und ruhelos geworden. Sie hatten sich entwickelt und ausgebreitet in diesem Körper, den das Leben verkehrt und das Schicksal umsichtig verführt hatte.

Sein Geruchssinn spürte alles auf. Seine Nase trug ihm alle Gerüche zu, selbst jene, die noch nicht da waren. Er behauptete von sich, er habe die Nase eines Blinden, das Gehör eines noch nicht erkalteten Toten und den Blick eines Propheten. Doch sein Leben war nicht das eines Heiligen; wäre er nicht zu beschäftigt gewesen, so hätte es das werden können.

Seit er sich in das obere Zimmer zurückgezogen hatte, wagte es niemand, ihn anzusprechen. Er benötigte einen langen, vielleicht monatelangen Augenblick, um seine Glieder aufzuraffen, Ordnung in seine Vergangenheit zu bringen, das trostlose Bild, das sich seine Umgebung in letzter Zeit von ihm gemacht hatte, zu verbessern, seinen Tod bis in die letzte Einzelheit vorzubereiten und das große Heft, dem er alles anvertraute, ins reine zu bringen: sein ganz persönliches Tagebuch, seine Geheimnisse – vielleicht ein einziges und einzigartiges Geheimnis – und auch die Anlage einer Erzählung, zu der er allein den Schlüssel besaß.

Ein dichter, hartnäckiger Nebel hatte ihn sanft umfaßt, schützte ihn vor den mißtrauischen Blicken und dem boshaften Klatsch, den seine Verwandten und Nachbarn sicherlich vor der Haustür austauschten. Diese weiße Decke beschwichtigte ihn, wiegte ihn in den Schlaf und nährte seine Träume.

Seine Zurückgezogenheit verunsicherte seine Familie nicht über die Maßen. Sie sahen ihn regelmäßig in beharrliches Schweigen oder aber heftige und vor allem nicht zu rechtfertigende Wutausbrüche verfallen. Etwas Unbestimmbares schob sich zwischen ihn und die restliche Familie. Er mußte wohl seine Gründe haben, jedoch nur er allein hätte sie zur Sprache bringen können. Er hatte beschlossen, seine Welt allein zu besitzen und sie sehr viel höher als die seiner Mutter und seiner Schwestern zu bewerten – auf jeden Fall ganz anders. Er ging sogar davon aus, daß sie keine eigene Welt hatten. Sie begnügten sich damit, an der Oberfläche der Dinge zu leben, ohne besondere Ansprüche folgten sie seiner Autorität, seinen Gesetzen und seinem Willen. Zwar unterhielten sie sich nicht direkt darüber, aber vermuteten sie nicht doch, seine Zurückgezogenheit sei erzwungen durch den Mangel an Beherrschung seines Körpers, seiner Bewegungen und seiner zahlreichen nervösen Ticks, die sein Gesicht zur Unkenntlichkeit zu verzerren drohten? Seit einiger Zeit war sein Gang nicht mehr der eines respekteinflößenden Mannes, des unangefochtenen Herrschers eines großen Hauses, eines Mannes, der den Platz des Vaters eingenommen hatte und den Alltag der Familie bis in die kleinste Einzelheit regelte.

Sein Rücken hatte sich leicht gewölbt, mit seinen Schultern war jede Anmut gefallen; sie waren schmal und schlaff geworden und beanspruchten nicht mehr, ein liebendes Haupt oder die Hand eines Freundes aufzunehmen. Er spürte eine unbestimmbare Last auf den Schultern, er versuchte, sich beim Gehen aufzurichten und nach außen zu kehren. Sein Gang war schleppend, er straffte seinen Körper und kämpfte innerlich gegen den mechanischen Ablauf der Ticks, die ihm keine Atempause gönnten.

Die Situation hatte sich plötzlich verschlechtert, obwohl nichts auf eine solche Entwicklung hingedeutet hatte. Die Schlaflosigkeit war derart häufig und unbezwingbar, daß sie zum banalen nächtlichen Ereignis geworden war. Seit es zwischen ihm und seinem Körper zum Bruch, zu einer Art Riß gekommen war, war sein Gesicht gealtert und sein Gang der eines Behinderten. Ihm blieb nur die Zuflucht in völlige Einsamkeit. So hatte er alles Vorhergegangene überdenken und seinen endgültigen Aufbruch in das Reich des vollkommenen Schweigens vorbereiten können.

Er würde weder an Herzstillstand noch an irgendeiner zerebralen oder inneren Blutung sterben, soviel wußte er. Allein eine tiefe Schwermut, eine von ungeschickter Hand auferlegte Melancholie würde, zweifellos im Schlaf, ein Leben beenden, das so außerordentlich gewesen war, daß es nach so vielen Jahren und Prüfungen unmöglich in die Banalität gemeiner Alltäglichkeit zurückverfallen durfte. Sein Tod wird der Erhabenheit seines Lebens ebenbürtig sein, mit dem Unterschied, daß er im Tod seine Masken verbrannt haben, entblößt, völlig entblößt ohne Leichentuch, auf der nackten Erde liegen wird, die nach und nach seine Glieder zernagt, um ihn schließlich zu sich selbst zurückzuführen in die Wahrheit, die ihm eine ewige Bürde gewesen war.

Am dreißigsten Tag seiner Zurückgezogenheit sah er den Tod langsam in seine Kammer eindringen. Er befingerte ihn mehrmals und hielt ihn auf Distanz, wie um ihm zu bedeuten, er sei ein wenig zu früh da, es seien noch einige dringende Angelegenheiten zu regeln. Nachts stellte er ihn sich als aufgequollene Spinne vor, die ermattet, aber noch zielgerichtet umherstreifte. Wenn er sich den Tod vorstellte, versteifte sich sein Körper. Er dachte dann an starke – vielleicht metallische – Hände, die von oben kämen und die furchterregende Spinne ergriffen; sie würden sie aus seiner Welt entfernen, bis er seine Arbeiten erledigt hätte. Im Morgengrauen war die Spinne verschwunden. Er saß allein von wenigen Gegenständen umgeben und las die Seiten durch, die er in der Nacht geschrieben hatte. Der Schlaf würde sich im Lauf des Morgens einstellen.

Er hatte einmal gehört, wie ein ägyptischer Dichter das Tagebuchschreiben begründete: «Von wie weit man auch herkommt, man kehrt immer nur von sich selbst zurück. Manchmal ist ein Tagebuch notwendig, um zu sagen, daß man aufgehört hat zu sein.» Dies war genau seine Absicht: sagen, was er nicht mehr war.

Und wer war er?

Die Frage fiel in ein verlegenes oder erwartungsvolles Schweigen. Der Erzähler – er saß im Schneidersitz auf der Matte – zog ein großes Heft aus einem Ranzen und zeigte es seinen Zuhörern.

Hier ist das Geheimnis, auf diesen Seiten, gewoben aus Silben und Bildern. Er hat es mir unmittelbar vor seinem Tod anvertraut. Ich mußte ihm schwören, es erst vierzig Tage nach seinem Hinscheiden zu öffnen, Zeit, ganz zu sterben, für uns vierzig Tage Trauer, für ihn vierzig Tage Reise in die Finsternis der Erde. Ich habe es in der Nacht des einundvierzigsten Tages aufgeschlagen. Der Duft des Paradieses überflutete mich, ein so starker Duft, daß ich beinahe erstickt wäre. Ich habe den ersten Satz gelesen und nichts verstanden. Ich habe den zweiten Absatz gelesen und nichts verstanden. Ich habe die ganze erste Seite gelesen, und die Dunkelheit zerstob. Tränen des Erstaunens rannen ganz von selbst über meine Wangen. Meine Hände waren feucht; mein Blut floß nicht in den üblichen Bahnen. Da wußte ich, ich hielt das kostbare Buch in Händen, das Buch des Geheimnisses, übersprungen von einem kurzen und intensiven Leben, geschrieben von der Nacht der langen Prüfung, aufbewahrt unter dikken Steinen und behütet vom Engel der Verdammnis. Dieses Buch, meine Freunde, kann weder weitergegeben noch verschenkt werden. Unschuldige Gemüter können es nicht lesen. Das Licht, das von ihm ausgeht, blendet und verblendet alle Augen, die sich versehentlich unvorbereitet darauf richten. Ich habe dieses Buch für sie gelesen, entziffert. Euch ist es nur über meine Nächte und meinen Körper zugänglich. Ich bin dieses Buch. Ich bin zum Buch des Geheimnisses geworden; ich habe seine Lektüre mit meinem Leben bezahlt. Als ich nach schlaflosen Monaten an den Schluß gelangte, spürte ich, wie sich das Buch in mir verkörperte, denn so will es mein Schicksal. Um euch diese Geschichte zu erzählen, werde ich das Heft selbst nicht aufschlagen, einerseits, weil ich mir die verschiedenen Abschnitte eingeprägt habe, und andererseits auch aus Vorsicht. Bald, o ihr rechtschaffenen Leute, wird der Tag in Finsternis umschlagen; ich werde mit dem Buch allein sein und ihr mit eurer Ungeduld. Befreit euch von der ungesunden Fiebrigkeit, die in euren Blicken flackert. Übt Geduld, stoßt mit mir vor in die Tiefe dieser Fragen und lernt zu warten, nicht auf meine Sätze – sie sind hohl –, sondern auf den Gesang, der langsam vom Meer hochziehen und euch im Rhythmus des Buches in den Pulsschlag der Zeit und ihrer Trümmer einweihen wird. Wisset auch, daß das Buch sieben Tore hat, geschlagen in zwei Meter breites Mauerwerk, so hoch wie drei erwachsene Männer. Nach und nach werde ich euch die Schlüssel zu diesen Toren geben. Diese Schlüssel sind eigentlich schon in euerm Besitz, aber ihr wißt es nicht; und selbst wenn ihr es wüßtet, könntet ihr sie nicht drehen, und noch weniger wüßtet ihr, unter welchem Grabstein ihr sie verscharren sollt.

Ihr wißt nun genug. Wir trennen uns besser, bevor der Himmel entflammt. Auf morgen, wenn das Buch des Geheimnisses nicht vorher von euch läßt.

Die Männer und Frauen erhoben sich schweigend und mischten sich, ohne miteinander zu sprechen, unter die Menge auf dem Platz. Der Erzähler faltete das Lammfell zusammen, räumte seine Federn und Tintenfässer in eine kleine Tasche. Das Heft hüllte er sorgfältig in ein schwarzes Seidentuch und legte es in seinen Ranzen zurück. Bevor er aufbrach, reichte ihm ein Junge ein Schwarzbrot und einen Umschlag.

Er verließ den Platz langsamen Schrittes und verschwand ebenfalls in den ersten Schimmern der Dämmerung.

Donnerstagstor

*F*reunde der Rechtschaffenheit, seid gewiß, daß wir durch das Geheimnis der Worte in einer Ringstraße, vielleicht auf einem Schiff vereint sind für eine Überfahrt mit ungewissem Verlauf. Diese Geschichte hat etwas von der Nacht; sie ist dunkel und dennoch reich an Bildern; sie mündet wohl in ein schwaches, sanftes Licht; bei unserer Ankunft im Morgengrauen werden wir erlöst sein, wir werden eine lange, lastende Nacht älter sein, ein halbes Jahrhundert, und einige weiße Blätter werden im weißen Marmorhof unseres Erinnerungsgebäudes verstreut liegen. Einige von euch werden versucht sein, diese neue Bleibe zu bewohnen oder dort wenigstens einen kleinen Platz, ihrem Körperumfang entsprechend einzunehmen. Ich weiß, die Versuchung wird groß sein, aus dem klaren Quell des Vergessens zu trinken, dem man sich unter keinen Umständen nähern darf, sei der Durst auch noch so groß. Denn diese Geschichte ist auch eine Wüste. Wir werden barfuß über brennenden Sand gehen müssen, gehen und schweigen, an die Oase glauben, die sich am Horizont abzeichnet und unaufhörlich zum Himmel vorrückt, gehen und uns nicht umdrehen, sonst trägt uns der Taumel davon. Unsere Schritte erfinden nach und nach beim Gehen den Weg; sie hinterlassen keine Spuren, sondern die Leere, den Abgrund, das Nichts. Wir werden also immer nach vorne sehen und auf unsere Füße vertrauen. Sie werden uns so weit tragen, wie unser Geist an diese Geschichte glauben wird. Ihr wißt jetzt, daß weder Zweifel noch Ironie mit von der Partie sind. Wenn wir das siebte Tor erreichen, werden wir vielleicht wahrhaft rechtschaffene Menschen sein. Ist dies ein Abenteuer oder eine Prüfung? Ich denke beides. Wer mit mir kommt, erhebe die rechte Hand zum Treueschwur. Die anderen können zu anderen Geschichten, anderen Erzählern weiterziehen. Ich jedenfalls erzähle nicht nur zum Zeitvertreib Geschichten. Die Geschichten kommen zu mir, bewohnen und verändern mich. Ich muß sie aus meinem Körper herausholen, um überfüllte Fächer freizumachen und neue Geschichten aufzunehmen. Ich brauche euch. Ich beteilige euch an meinem Unternehmen. Ich verfrachte euch auf meinen Rücken und auf das Schiff. Jede Rast wird zum Schweigen und zur Besinnung genutzt. Keine Gebete, aber ein unermeßlicher Glaube.

Heute schlagen wir den Weg zum ersten Tor, zum Donnerstagstor ein. Warum zuerst dieses Tor und warum heißt es so? Der Donnerstag, der fünfte Wochentag, der Tag des Austauschs. Für manche ist es der Markttag, der Tag, an dem die Bergbewohner und die Bauern der Ebene in die Stadt kommen und sich an der Schwelle dieses Tores zum Verkauf der Wochenernte niederlassen. Vielleicht stimmt das ja, aber für mich ist es eher ein Zusammentreffen, ein Zufall. Wie dem auch sei! Dieses Tor, das ihr in der Ferne erblickt, ist majestätisch. Es ist herrlich. Seine Holzskulpturen stammen von fünfundfünfzig Handwerkern und stellen mehr als fünfhundert verschiedene Motive dar. Dieses schwere, schöne Tor also nimmt im Buch den herausragenden Platz des Eingangs ein. Des Eingangs und der Ankunft. Des Eingangs und der Geburt. Der Geburt unseres Helden an einem Donnerstagmorgen. Er kam mit einigen Tagen Verspätung. Seine Mutter war seit Montag bereit, aber es gelang ihr, ihn bis Donnerstag in sich zurückzuhalten, denn sie wußte, daß dieser Wochentag nur männliche Geburten willkommen heißt. Nennen wir ihn Ahmed. Ein sehr verbreiteter Name. Wie? Du sagst, er muß Khémaïs heißen? Nein, was sagt schon ein Name. Gut, ich fahre fort: Ahmed wurde an einem sonnigen Tag geboren. Sein Vater behauptet, der Himmel sei an jenem Morgen verhangen gewesen und Ahmed habe ihn erleuchtet. Wie es auch sei! Er kam nach langem Warten. Der Vater hatte kein Glück; er war überzeugt, ein ferner und schwerer Fluch überschatte sein Leben: sieben Geburten, sieben Töchter. Zehn Frauen bewohnten das Haus, die sieben Töchter, die Mutter, Tante Aischa und die alte Dienerin Malika. Der Fluch weitete sich zu einem Unheil aus, das Zeit überspannt. Nach Ansicht des Vaters hätte eine Tochter gereicht. Sieben, das war zuviel, das war schon tragisch. Wie oft rief er sich die Geschichte der vorislamischen Araber ins Gedächtnis, die ihre Töchter lebendig begruben! Da er sich ihrer nicht entledigen konnte, übte er sich ihnen gegenüber nicht etwa in Haß, sondern in Gleichgültigkeit. Er lebte in seinem Haus, als sei er ohne Nachkommen. Er tat alles, um sie zu vergessen, aus seinem Gesichtskreis zu verbannen. Er sprach beispielsweise nie ihre Namen aus. Mutter und Tante kümmerten sich um sie. Er sonderte sich ab und weinte manchmal still vor sich hin. Er sagte, sein Gesicht sei von Scham überzogen, sein Körper von verfluchten Samen besessen und er betrachte sich als zeugungsunfähigen Ehemann oder als Junggesellen. Er konnte sich nicht erinnern, jemals das Gesicht einer seiner Töchter mit der Hand berührt zu haben. Er hatte zwischen sich und ihnen ein dichtes Bollwerk errichtet. Ihm blieben kein Rückhalt, keine Freude, und er konnte die Spötteleien seiner beiden Brüder nicht länger ertragen, die bei jeder Geburt lächelnd und höhnisch ihre Geschenke, der eine einen Kaftan, der andere Ohrringe, ins Haus brachten, so als hätten sie wieder einmal etwas Großes vollbracht, als seien sie die Drahtzieher des Fluches. Sie machten kein Hehl aus ihrem Jubel und spekulierten auf die Erbschaft. Euch ist sicher bekannt, o meine Freunde und Mitwisser, daß unsere Religion keine Gnade kennt für einen Mann ohne männlichen Erben; sie enteignet ihn fast völlig zugunsten seiner Brüder. Die Töchter erhalten nur ein Drittel der Erbschaft. Deshalb warteten die Brüder auf den Tod des Ältesten, um ein Großteil seiner Habe unter sich aufzuteilen. Grollender Haß entzweite sie. Ahmeds Vater hatte seinerseits nichts unversucht gelassen, das Schicksal zu wenden. Er hatte Ärzte, Fqihs*, Quacksalber, Wunderheiler aus dem ganzen Land aufgesucht. Er hatte sogar mit seiner Frau sieben Tage und Nächte lang in einem Marabut von trockenem Brot und Wasser gelebt. Sie hatte sich mit dem Urin einer Kamelstute besprenkelt und dann die Asche von siebzehn Weihrauchsträuchern ins Meer gestreut. Sie hatte aus Mekka kommende Amulette und Schriftstücke getragen. Sie hatte kostbare Kräuter aus Indien und aus dem Jemen hinuntergeschluckt. Sie hatte eine von einer alten Hexe zubereitete brackige, sehr bittere Flüssigkeit getrunken. Sie bekam Fieber, unerträglichen Brechreiz und Kopfschmerzen. Ihr Körper alterte. Ihr Gesicht wurde runzlig. Sie magerte ab und verlor oft das Bewußtsein. Ihr Leben war zur Hölle geworden, und ihr ständig unzufriedener, in seinem Stolz gekränkter, ehrlos gewordener Ehemann bedrängte sie und machte sie für das über die Familie hereingebrochene Unheil verantwortlich. Einmal hatte er sie geschlagen, weil sie sich weigerte, die letzte Chance zu ergreifen: Sie sollte die Hand eines Toten von oben nach unten über ihren nackten Leib streichen lassen und sie beim Couscousessen als Löffel benutzen. Schließlich hatte sie eingewilligt. Ich brauche euch wohl nicht zu sagen, o meine Gefährten, daß die arme Frau in Ohnmacht fiel und kopfüber auf den erkalteten Körper des Toten stürzte. Man hatte eine arme Familie ausgewählt, Nachbarn, deren Großvater, ein blinder, zahnloser Greis, eben gestorben war. Zum Dank hatte der Ehemann ihnen eine kleine Geldsumme gegeben. Die Frau war zu allen Opfern bereit und nährte bei jeder Schwangerschaft wilde Hoffnungen. Doch

* A. d. Ü.: Nicht geläufige arabische Ausdrücke und Namen sind im Glossar erläutert und werden im folgenden nicht mehr besonders gekennzeichnet.

bei jeder Geburt fiel die ganze Freude grausam in sich zusammen. Auch sie wandte sich nach und nach von ihren Töchtern ab. Sie verübelte ihnen ihr Dasein, haßte sich selbst und schlug sich zur Strafe auf den Leib. Ihr Mann begattete sie in von der Hexe ausgesuchten Nächten. Doch es half nichts. Tochter auf Tochter wurde geboren, bis hin zum Haß auf den Körper, bis hin zum finstersten Abgrund des Lebens. Wie ihr euch denken könnt, wurde jede Geburt mit Schreien der Wut und Tränen der Ohnmacht begrüßt. Jede Taufe war eine schweigende, kalte Zeremonie, mit der sich diese siebenfach vom Unglück heimgesuchte Familie in der Trauer einrichtete. Statt ein Rind oder wenigstens ein Kalb zu schlachten, kaufte der Mann eine dürre Ziege und ließ das Blut schnell in Richtung Mekka vergießen, stammelte den Namen mit zusammengepreßten Lippen, damit ihn niemand hörte und verschwand dann, um erst nach tagelangem Herumirren wieder heimzukehren. Die sieben Taufen hatte man alle mehr oder weniger eilig hinter sich gebracht. Aber die achte war monatelang bis in die letzte Einzelheit vorbereitet worden. Der Vater glaubte nicht mehr an die Wunderheiler. Die Ärze verwiesen ihn auf das im Himmel Festgeschriebene. Die Hexen beuteten ihn aus. Die Fqhis und Marabuts schwiegen. Zu diesem Zeitpunkt, als alle Türen zugefallen waren, beschloß er, dem Verhängnis ein Ende zu machen. Er hatte einen Traum: Alles war in Ordnung im Haus; er lag im Bett, und der Tod suchte ihn in weiblicher Gestalt auf. Sie hatte das anmutige Gesicht eines Jugendlichen. Sie beugte sich über ihn und küßte ihn auf die Stirn. Der Jugendliche war von berückender Schönheit. Das Gesicht veränderte sich, bald war es das des soeben erschienenen jungen Mannes, dann wieder das einer leichtfüßigen, sich verflüchtigenden jungen Frau. Er wußte nicht mehr, wer ihn küßte, er war sich nur trotz der Verkleidung in Jugend und Leben sicher, daß es der Tod war, der sich über ihn beugte. Am Morgen vergaß er den Gedanken an den

Tod und bewahrte nur das Bild des Jugendlichen im Gedächtnis. Er sprach mit niemandem darüber und ließ eine Idee in sich reifen, die sein Leben und das seiner ganzen Familie umwälzen sollte. Er war glücklich darüber, daß ihm diese Idee gekommen war. Welche Idee? werdet ihr mich fragen. Nun denn, wenn ihr erlaubt, werde ich mich zurückziehen, um zu ruhen. Was euch betrifft, so habt ihr bis morgen Zeit, auf die geniale Idee zu verfallen, die diesem Mann, am Rande der Verzweiflung und des Untergangs, einige Wochen vor der Geburt unseres Helden kam. Rechtschaffene Freunde und Gefährten, bringt morgen Brot und Datteln mit. Der Tag wird lang werden, und wir werden sehr enge Gassen durchwandern müssen.

Wie ihr feststellen könnt, ist unsere Karawane ein kleines Stück auf dem Weg zum ersten Tor vorgedrungen. Wie ich sehe, habt ihr alle euren Reiseproviant mitgebracht. Letzte Nacht fand ich keinen Schlaf. Ich wurde von Spukgestalten verfolgt und gepeinigt. Ich ging nach draußen und traf auf den Straßen nur Betrunkene und Wegelagerer. Sie wollten mich ausrauben, fanden jedoch nichts. Im Morgengrauen ging ich nach Hause und schlief bis mittag. Deshalb habe ich mich verspätet. Aber ich sehe Unruhe in euren Augen. Ihr wißt nicht, wohin ich euch führe. Doch habt darum keine Sorge, ich weiß es auch nicht. Und wird diese unbefriedigte Neugier, die ich auf euren Gesichtern lese, eines Tages gesättigt sein? Ihr habt euch entschlossen, mir zuzuhören, dann folgt mir auch bis zum Ende – zu welchem Ende? Ringstraßen haben kein Ende!

Seine Idee war einfach, aber schwer zu verwirklichen und in ihrer ganzen Tragweite durchzuführen: Das Neugeborene wird männlichen Geschlechts sein, auch wenn es eine Tochter ist! Das war seine Entscheidung, ein unerschütterlicher Beschluß, eine unwiderrufliche Festlegung. Eines Abends rief er seine schwangere Frau, schloß sich mit ihr in ein Terrassenzimmer ein und teilte ihr in festem, feierlichem Ton mit: «Bis heute war unser Leben nur stumpfes Warten, auf Worte beschränktes Aufbegehren gegen das Verhängnis. Unser Pech, um nicht zu sagen unser Unglück, entzieht sich unserem Einfluß. Du bist eine rechtschaffene Frau, eine unterwürfige, gehorsame Ehefrau, aber nach deiner siebten Tochter habe ich erkannt, daß du in dir ein Gebrechen trägst: Dein Leib kann kein männliches Kind empfangen; er ist so beschaffen, daß er – bis an dein Lebensende – nur weibliche Wesen austragen wird. Du kannst nichts dafür. Es muß eine Mißbildung sein, ein Mangel an Gastfreundschaft, der sich aus deiner Natur und ohne dein Wissen jedesmal äußert, wenn der Samen, den du in dir trägst, einen Knaben zeugen könnte. Ich kann dir nicht böse sein. Ich bin ein rechtschaffener Mann. Ich werde dich nicht verstoßen und ich werde keine zweite Frau nehmen. Auch ich lasse nicht ab von diesem kranken Leib. Ich will derjenige sein, der ihn heilt, der seine Ordnung und seine Gewohnheiten erschüttert. Ich habe eine Herausforderung an ihn gerichtet: Er wird mir einen Sohn geben. Meine Ehre wird endlich wiederhergestellt sein, mein Stolz zur Schau getragen werden; und Röte wird mein Gesicht überfluten, endlich das Gesicht eines Mannes, eines Vaters, der in Frieden sterben kann, da er so verhindert hat, daß seine Brüder, diese Aasgeier, sich über seine Habe hermachen und euch verarmt zurücklassen. Ich habe dir gegenüber Geduld bewiesen. Wir sind durch das ganze Land gezogen, um einen Ausweg zu finden. Selbst wenn ich zornig war, habe ich mich zurückgehalten und bin nicht gewalttätig geworden. Wohl kannst du mir vorwerfen, daß ich nicht zärtlich zu deinen Töchtern bin. Sie gehören dir. Ich habe ihnen meinen Namen gegeben. Ich kann ihnen meine Zuneigung nicht geben, denn ich habe sie mir nie gewünscht. Sie sind alle irrtümlich zur Welt gekommen, anstelle dieses langersehnten Sohnes. Du verstehst, warum ich sie schließlich nicht mehr sehen wollte und mich nicht mehr um ihr Wohlergehen gesorgt habe. Du hast sie großgezogen. Wissen sie wenigstens, daß sie keinen Vater haben? Oder daß ihr Vater nur ein verwundeter, zutiefst verstörter Spuk ist? Für mich war jede ihrer Geburten ein Anlaß zur Trauer. Deshalb habe ich beschlossen: Die achte Geburt wird ein Freudentag, das größte aller Feste, ein sieben Tage und Nächte währender Jubel. Du wirst Mutter sein, eine wirkliche Mutter, du wirst eine Prinzessin sein, denn dir wird ein Sohn geboren werden. Das Kind, das du zur Welt bringst, wird männlichen Geschlechts, ein Mann sein, er wird Ahmed heißen, auch wenn es ein Mädchen ist! Ich habe alles geregelt, alles vorgesehen. Wir werden die alte Hebamme Lalla Radhia holen; sie hat nur noch ein oder zwei Jahre zu leben, und ich werde ihr auch genug Geld geben, damit sie den Mund hält. Ich habe schon mit ihr gesprochen, und sie hat mir sogar erzählt, sie habe die gleiche Idee gehabt. Wir haben uns schnell geeinigt. Du wirst selbstverständlich der Brunnen und das Grab dieses Geheimnisses sein. Dein Glück und auch dein Leben werden davon abhängen. Wir werden dieses Kind als den Mann begrüßen, der dieses leblose Haus durch seine Anwesenheit erleuchten wird, es wird nach der den Söhnen vorbehaltenen Traditon erzogen werden, und selbstverständlich wird es der Familie vorstehen und euch nach meinem Tod beschützen. Drei Menschen werden dieses Geheimnis hüten, dann werden wir nur noch zwei sein, Lalla Radhia ist schon sehr alt, und sie wird uns in absehbarer Zeit verlassen, dann wirst du allein sein, denn ich bin zwanzig Jahre älter als du und werde in jedem Fall vor dir aus dem Leben scheiden. Ahmed wird allein bleiben und über dieses Frauenhaus herrschen. Schließen wir jetzt den geheimen Pakt: gib mir deine rechte Hand; laß uns die Finger kreuzen und diese beiden vereinten Hände erst zum Mund, dann zur Stirn führen. Laß uns dann Treue bis zum Tod schwören! Nehmen wir nun die vorgeschriebenen Reinigungen vor. Wir werden ein Gebet sprechen und auf dem aufgeschlagenen Koran schwören.»

So wurde der Pakt geschlossen. Die Frau konnte nur zustimmen. Sie gehorchte wie immer ihrem Mann, aber diesmal fühlte sie sich durch die gemeinsame Aufgabe angesprochen. Endlich war sie die Mitwisserin ihres Mannes. Ihr Leben würde einen Sinn bekommen; sie war an Bord des Rätselschiffs, das in ferne, unerahnte Gewässer hinaussegelte.

So kam der große Tag, der Tag der Geburt. Die Frau hatte immer noch eine kleine Hoffnung: Vielleicht würde ihr das Schicksal endlich eine wahre Freude bereiten und alle Ränke überflüssig machen. Leider war das Schicksal zuverlässig und starrköpfig. Lalla Radhia war seit Montag im Haus. Sie bereitete diese Niederkunft mit großer Sorgfalt vor. Sie wußte, sie würde außergewöhnlich sein und vielleicht ihre lange Karriere abschließen. Die Mädchen verstanden nicht, warum alle so aufgeregt waren. Lalla Radhia flüsterte ihnen zu, das Neugeborene werde ein Knabe sein. Sie behauptete, ihre Eingebung habe sie nie getäuscht, das seien Dinge, die den Verstand überstiegen; an der Art, wie dieses Kind sich im Mutterleib bewege, spüre sie, daß es nur ein Junge sein könne. Er stieße mit der dem männlichen Geschlecht eigenen Brutalität um sich. Die Mädchen waren verstört. Eine solche Geburt würde alles in der Familie von Grund auf verändern. Sie sahen sich schweigend an. Ihr Leben war so oder so keineswegs aufregend. Vielleicht könnte ein Bruder sie lieben! Das Gerücht verbreitete sich schon im Viertel und in der restlichen Familie: Hadsch Ahmed bekommt einen Sohn...

Ab nun, meine Freunde, wird die Zeit verfliegen und uns enteignen. Wir sind nicht länger Zuschauer; wir sind ebenfalls in diese Geschichte verstrickt, die uns möglicherweise alle im selben Friedhof begräbt. Denn der Wille des Himmels, der

Wille Gottes wird von der Lüge entzündet. Ein Bach wird umgeleitet, er schwillt an und wird zum Fluß, der friedliche Wohnstätten überflutet. Wir werden zu diesem Friedhof am Rande der Traumwelt werden, wo grausame Hände die Toten ausscharren und gegen ein seltenes Kraut austauschen, das Vergessen schenkt. O Freunde! Dieses unerwartete, blendende Licht ist verdächtig; es kündigt die Finsternis an.

Erhebt die rechte Hand und sprecht mir nach: Willkommen, o Wesen der Ferne, Gesicht der Täuschung, Unschuld der Lüge, Schatten des Schattens, o du glühend Erwartetes, Ersehntes, du wurdest berufen, das Schicksal Lügen zu strafen, du bringst Freude, aber nicht Glück, du errichtest ein Zelt in der Wüste, aber es wird nur ein Heim des Windes, du bist ein Kapital aus Asche, dein Leben wird lang sein, eine Feuer- und Geduldsprobe. Willkommen, o du Tag und Sonne! Du wirst das Böse hassen, aber wer weiß, ob du das Gute tun wirst... Willkommen... Willkommen!

Wo war ich stehengeblieben...

Die ganze Familie wurde zusammengerufen und versammelte sich schon am Mittwochabend im Hause des Hadsch. Tante Aischa wirbelte herum wie eine Närrin. Die beiden Brüder waren, unruhig und ungeduldig, mit Frauen und Kindern eingetroffen. Nahe und ferne Vettern waren auch eingeladen worden. Lalla Radhia hatte sich mit der Ehefrau des Hadsch eingeschlossen. Niemand durfte sie stören. In der Küche bereiteten schwarze Frauen das Festmahl. Gegen Mitternacht hörte man Stöhnen: die ersten Wehen. Einige alte Frauen riefen den Propheten Mohammed an. Der Hadsch schritt die Straße auf und ab. Seine Brüder hielten Kriegsrat. Sie tuschelten leise in einer Ecke des Wohnzimmers. Die Kinder waren über dem Essen eingeschlafen. Die nächtliche Stille wurde nur von Schmerzensschreien zerrissen. Lalla Radhia schwieg. Sie erhitzte Schalen mit Wasser und breitete die

Windeln aus. Alle schliefen, außer dem Hadsch, der Hebamme und den beiden Brüdern. Im Morgengrauen ertönte der Gebetsruf. Einige Gestalten erhoben sich wie Schlafwandler und beteten. Die Frau brüllte jetzt vor Schmerz. Der Tag brach an über dem Haus, das große Unordnung barg. Die schwarzen Köchinnen räumten ein wenig auf und bereiteten die Frühstückssuppe, die Geburts- und Taufsuppe. Die Brüder mußten zu ihrer Arbeitsstelle aufbrechen. Die Kinder fühlten sich wie in den Ferien und spielten im Hauseingang. Gegen zehn Uhr morgens, an diesem historischen Donnerstagmorgen, als alle sich hinter den Räumen der Niederkunft versammelt hatten, öffnete Lalla Radhia die Tür einen Spaltbreit, stieß einen Freudenschrei aus, vermischt mit Jubelrufen, und wiederholte bis zur Atemlosigkeit: Es ist ein Mann, ein Mann, ein Mann... Der Hadsch trat wie ein Prinz zu den Versammelten, die Kinder küßten ihm die Hände. Die Frauen begrüßten ihn mit schrillen Jubelrufen, unterbrochen von Lobpreisungen und Gebeten wie: Gott schütze ihn... Der Sonnenstrahl ist durchgebrochen... Das ist das Ende der Finsternis... Gott ist groß... Gott ist mit dir...

Er trat in den Raum, schloß die Tür ab und bat Lalla Radhia, die Windeln des Neugeborenen abzunehmen. Natürlich war es ein Mädchen. Seine Frau hatte ihr Gesicht verhüllt und weinte. Er hielt den Säugling im linken Arm, und mit der rechten Hand zog er heftig an ihrem Schleier und sprach auf sie ein: «Warum diese Tränen? Ich hoffe, du weinst vor Freude? Sieh hin, sieh gut hin, es ist ein Junge! Du brauchst dein Gesicht nicht mehr zu verbergen. Du solltest stolz sein... Nach fünfzehnjähriger Ehe hast du mir ein Kind geschenkt, es ist ein Junge, es ist mein erstes Kind, schau, wie schön er ist, faß seine kleinen Hoden, seinen Penis an, er ist bereits ein Mann!»

Dann wandte er sich zur Hebamme und forderte sie auf, über den Jungen zu wachen und niemanden an ihn herankommen oder ihn berühren zu lassen. Breit lächelnd verließ er den Raum... Auf seinen Schultern und im Gesicht trug er die ganze Männlichkeit der Welt! Er, der Fünzigjährige, fühlte sich leicht wie ein junger Mann. Er hatte schon vergessen – oder tat er nur so? –, daß er das Ganze selbst geplant hatte. Er hatte deutlich ein Mädchen gesehen, aber er glaubte fest daran, daß es ein Junge war.

O meine Gefährten, wir sind erst am Anfang unserer Geschichte, und schon kratzt der Rausch der Worte mir die Haut ab und trocknet meine Zunge aus. Ich habe keinen Speichel mehr, und meine Knochen sind müde. Wir sind alle Opfer unseres Wahnsinns, der, verscharrt in Begierde, unbenennbar bleibt. Hüten wir uns davor, die verworrenen Schatten des Engels herbeizurufen, jenes Engels, der zwei Gesichter hat und unsere Phantasien bevölkert. Gesicht der unbeweglichen Sonne. Gesicht des mörderischen Mondes. Der Engel schwankt von einem zum anderen, je nach dem Leben, das wir auf einem unsichtbaren Seil tanzen.

O Freunde, auf diesem Seil gehe ich von euch. Solltet ihr mich morgen nicht vorfinden, so wisset, daß sich der Engel auf die Seite des Abgrunds und des Todes gesenkt hat.

Freitagstor

Seit einigen Tagen sind wir nun durch die Wollfäden ein und derselben Geschichte miteinander verwoben. Von mir zu euch, von jedem von euch zu mir ziehen sich Fäden. Sie sind noch dünn. Doch sie binden uns wie ein Pakt. Doch lassen wir das erste Tor hinter uns; eine unsichtbare Hand wird es schon schließen. Das Freitagstor ist das der Versammlung, der Körper soll ruhen, die Seele sich besinnen und der Tag gefeiert werden. Er öffnet sich auf eine feiernde Familie, einen gütigen Himmel, eine fruchtbare Erde, einen Mann mit wiederhergestellter Ehre, eine endlich als Mutter anerkannte Frau. Dieses Tor wird nur das Glück durchlassen. Dazu ist es da, oder so will es zumindest sein Ruf. Jeder von uns hat eines Tages erlebt, wie dieses Tor den Durchgang auf seine Nächte freigab und sie, wenn auch nur kurz, erleuchtete. Es ist kein Durchbruch in einem Mauerwerk. Es ist das einzige Tor, das sich fortbewegt und im Gleichschritt mit dem Schicksal vorrückt. Nur für jene, die mit ihrem Schicksal hadern, bleibt es stehen. Wozu sollte es auch sonst da sein? Durch dieses Tor ist Lalla Radhia eingetreten.

Das Fest der Taufe war überwältigend. Zur Namensgebung wurde ein Ochse geschlachtet: Mohammed Ahmed, Sohn von Hadsch Ahmed. Der große Fqih und Mufti der Stadt amtierte als Vorbeter. Man verteilte Speisen an die Armen. Der lange schöne Tag sollte im Gedächtnis bleiben. Und tatsächlich, heute noch erinnern sich alle daran. Wenn sie von diesem Tag sprechen, erwähnen sie die Kraft des Ochsen, der noch enthauptet durch den Hof lief, die zwanzig niedrigen, mit ganzen Schafen beladenen Tische, die von Moulay Ahmed Lukili und seinem großen Orchester dargebotene andalusische Musik... Die Feier dauerte mehrere Tage lang. Der

Säugling wurde von weitem vorgezeigt. Niemand durfte ihn berühren. Allein Lalla Radhia und seine Mutter kümmerten sich um ihn. Die sieben Töchter wurden auf Abstand gehalten. Der Vater mahnte sie, daß sie ihm von nun an den gleichen Respekt schuldeten wie in Zukunft ihrem Bruder Ahmed. Sie senkten den Blick und schwiegen. Selten ward ein Mann gesehen, der seine Freude so beglückt äußerte und teilte. Er kaufte eine halbseitige Anzeige in der großen landesweit verbreiteten Zeitung und veröffentlichte sein Bild mit folgendem Text darunter:

Gott ist gnädig.
Er hat das Leben und das Heim eures Dieners und ergebenen Töpfers Hadsch Ahmed Suleiman erleuchtet. Ein Knabe – Gott schütze ihn und gewähre ihm ein langes Leben – wurde am Donnerstag um 10 Uhr geboren. Wir haben ihn Mohammed Ahmed genannt. Diese Geburt verkündet Fruchtbarkeit für die Erde, Frieden und Wohlstand für das Leben. Es lebe Ahmed! Es lebe Marokko!

Über diese Zeitungsanzeige wurde viel gelästert. Es war unüblich, sein Privatleben so öffentlich auszubreiten. Hadsch Ahmed scherte sich nicht darum. Ihm war nur wichtig, möglichst vielen Leuten die Nachricht zukommen zu lassen. Auch der letzte Satz erregte Aufsehen. Die französische Polizei war nicht begeistert von diesem «Es lebe Marokko!». Die kämpferischen Nationalisten hatten vorher auch nicht gewußt, daß dieser reiche Handwerker ebenfalls ein guter Patriot war.

Die politische Seite der Anzeige war schnell vergessen, aber die ganze Stadt erinnerte sich noch lange danach an Ahmeds Geburt.

Das ganze Jahr lang beherrschten Freude, Lachen und Feste das Haus. Jeder Vorwand war recht, ein Orchester zu bestellen, zu singen und zu tanzen, das erste gestammelte Wort, die ersten Schritte des Prinzen zu feiern. Die Haarschneidezeremonie dauerte zwei Tage. Ahmeds Haare wurden geschnitten, seine Augen mit Khôl geschminkt. Er wurde auf ein Holzpferd gesetzt, nachdem man ihn in eine weiße Djellaba gesteckt und seinen Kopf mit einem roten Fez bedeckt hatte. Dann nahm seine Mutter ihn mit zum Heiligen der Stadt. Sie lud ihn auf ihren Rücken, umschritt siebenmal das Grab und bat den Heiligen, sich bei Gott für Ahmed zu verwenden zum Schutz vor dem bösen Blick, Krankheit und dem Neid der Neugierigen. Das Kind weinte inmitten all dieser Frauen, die sich darum drängelten, den schwarzen Überwurf des Grabes mit der Hand zu berühren.

Und das Kind wuchs auf in fast tagtäglicher Euphorie. Der Vater dachte an die Prüfung der Beschneidung. Was tun? Wie eine imaginäre Vorhaut beschneiden? Wie andererseits den Übergang dieses Kindes zum Mannesalter nicht prunkvoll feiern? O Freunde, manche Tollheiten sind selbst dem Teufel nicht vertraut! Wie sollte er diese Schwierigkeit umgehen und seinem Plan noch mehr Kraft und Glaubwürdigkeit verschaffen? Natürlich, so werdet ihr mir sagen, könnte er ein anderes Kind anstelle seines Sohnes beschneiden lassen. Aber da gäbe es ein Risiko; früher oder später käme das heraus! Stellt euch vor, er hat dem Friseur – der auch Beschneider war – seinen Sohn mit ausgebreiteten Beinen präsentiert, und etwas wurde tatsächlich beschnitten, Blut ist geflossen und hat die Schenkel des Kindes und das Gesicht des Friseurs bespritzt. Ja, das Kind hat sogar geweint und wurde mit von der ganzen Familie gebrachten Geschenken überschüttet. Nur sehr wenige merkten, daß der Vater einen Verband um den rechten Zeigefinger trug. Er versteckte ihn gut. Und niemand dachte auch nur einen Augenblick daran, das vergossene Blut könne aus dem Finger stammen! Dazu muß gesagt werden, daß Hadsch Ahmed ein mächtiger und entschlossener Mann war.

Und wer in dieser Familie hätte sich stark genug gefühlt,

ihm zu widersprechen? Nicht einmal seine beiden Brüder. Welche Zweifel sie auch immer gehabt haben mögen, sie wagten keinerlei zweideutige Scherze oder Anspielungen auf das Geschlecht des Kindes. Alles verlief so, wie es der Vater vorgesehen und erhofft hatte. Ahmed wuchs auf nach dem Gesetz des Vaters, der sich persönlich um seine Erziehung kümmerte; das Fest war vorbei. Jetzt mußte aus diesem Kind ein richtiger Mann werden. Regelmäßig jeden Monat kam der Friseur und schnitt ihm die Haare. Ahmed besuchte mit anderen Jungen eine private Koranschule, er spielte wenig und lungerte selten auf der Straße vor dem Haus herum. Wie alle Kinder seines Alters begleitete er seine Mutter ins maurische Bad. Ihr wißt, wie sehr dieser Ort uns alle in unserer Kindheit beeindruckt hat. Wir sind alle mit heiler Haut davongekommen... Zumindest scheint es so. Für Ahmed war es keine traumatische Erfahrung, sondern eher eine seltsame und bittere Entdeckung. Ich weiß es, weil er in seinem Heft davon schreibt. Erlaubt, daß ich das Buch öffne und euch vorlese, was er über diese Ausflüge in den lauen Nebel geschrieben hat:

«Meine Mutter packte Apfelsinen, harte Eier und rote, in Zitronensaft marinierte Oliven in einen kleinen Korb. Sie trug ein Kopftuch, mit dem sie das Henna verdeckte, das sie am Vortag auf ihre Haare aufgetragen hatte. Ich selbst hatte kein Henna im Haar. Als ich welches auftragen wollte, verbot sie es mir und sagte: ‹Das ist nur für Mädchen!› Ich schwieg und begleitete sie in den Hammam. Ich wußte, wir würden dort den ganzen Nachmittag verbringen. Ich würde mich langweilen, aber mir blieb nichts anderes übrig. Ich ging wirklich lieber mit meinem Vater ins Bad. Er beeilte sich und ersparte mir die ganze endlose Prozedur. Für meine Mutter war es eine Gelegenheit, auszugehen, andere Frauen zu treffen und beim Baden zu plaudern. Ich aber starb vor Langeweile. Ich hatte Magenkrämpfe. Dieser dicke und feuchte Dampf erstickte mich. Meine Mutter hatte mich vergessen. Sie setzte die Warmwassereimer ab und schwatzte mit ihren Nachbarinnen. Alle redeten sie gleichzeitig. Was bedeutete es schon, was sie sagten, Hauptsache, sie redeten. Sie glaubten sich in einem Salon, wo sie um ihrer Gesundheit willen unbedingt reden mußten. Worte und Sätze sprühten von allen Seiten, und da der Raum geschlossen und dunkel war, schien es, als werde ihr Gerede vom Dampf aufgehoben und bliebe über ihren Köpfen hängen. Ich sah die Worte langsam steigen und gegen die feuchte Decke prallen. Wie Wolkenschwärme schmolzen sie dort beim Kontakt mit den Steinen und fielen als Tröpfchen zurück auf mein Gesicht. Ich hatte meinen Spaß damit; ich ließ mich von Worten besprenkeln, die auf meinen Körper rieselten, aber immer über meine Unterhose liefen, so daß mein Unterleib von diesen in Wasser verwandelten Ausdrücken verschont blieb. Ich hörte praktisch alles und verfolgte den Weg dieser Sätze, die sich auf der höheren Stufe des Dampfes miteinander vermengten und eine seltsame und oft komische Sprache ergaben. Mich jedenfalls belustigte es. Die Decke glich einem Bild oder einer Schrifttafel. Nicht unbedingt alles dort Abgebildete war entzifferbar. Aber da ich so oder so die Zeit totschlagen mußte, machte ich es mir zur Aufgabe, alle diese Fäden zu entwirren und etwas Verständliches herauszuholen. Es gab Worte, die oft und schneller fielen als andere, wie zum Beispiel: Nacht, Rücken, Brüste, Daumen..., kaum waren sie ausgesprochen, tropften sie mir mitten ins Gesicht. Ich wußte im übrigen nichts mit ihnen anzufangen. Ich legte sie jedenfalls beiseite und wartete darauf, mit anderen Worten und anderen Bildern versorgt zu werden. Seltsamerweise waren die auf mich fallenden Wassertropfen salzig. Daraus schloß ich, die Worte hätten den Geschmack und die Würze des Lebens. Und für alle diese Frauen beschränkte sich das Leben auf so wenig. Da war nicht viel: Küche, Haushalt, Warten und einmal in der Woche Entspannung im Hammam. Heimlich war ich froh, nicht Teil dieser so sehr eingeschränkten Welt zu sein. Ich jonglierte mit den Worten, und manchmal ergaben sich daraus auf den Kopf gefallene Sätze wie: ‹Nachts die Sonne auf dem Rücken in einem Gang wo der Daumen des Mannes mein Mann in der Tür des Himmels das Lachen…›, dann plötzlich ein sinnvoller Satz: ‹das Wasser ist glühend…, gib mir ein wenig von deinem kalten Wasser…›. Diesen Sätzen blieb nicht die Zeit, vom Dampf nach oben getragen zu werden. Sie wurden in normalem, lebhaftem Ton gesagt; sie gehörten nicht zum Geschwätz. Sie entwischten mir einfach, und das störte mich nicht im geringsten. Was konnte ich auch mit leeren, hohlen Sätzen anfangen, die nicht hochsteigen und mich zum Träumen bringen konnten. Es gab ungewöhnliche Worte, die mich faszinierten, weil sie mit unterdrückter Stimme ausgesprochen wurden, wie zum Beispiel ‹Mani›, ‹Klaui›, ‹Tabun›… Später erfuhr ich, daß es Worte waren, die sich auf Sexualität bezogen und daß es den Frauen verboten war, sie zu benutzen: ‹Sperma›…, ‹Eier›…, ‹Scheide›… Diese Worte tropften nicht herunter. Wahrscheinlich klebten sie an der steinernen Decke fest, die sie mit ihrer schmutzigen, weißlichen oder braunen Färbung tränkten. Einmal stritten sich zwei Frauen um einen Eimer Wasser; sie beschimpften sich, und diese Worte ertönten immer wieder laut.

Da tropfen sie herab wie ein Regenguß, und ich machte mir ein Vergnügen daraus, sie aufzufangen und heimlich in meiner Unterhose aufzubewahren! Ich war verlegen, und ab und zu befürchtete ich, mein Vater wolle mich waschen, wie er es von Zeit zu Zeit gerne tat. Ich konnte sie nicht lange an mir behalten, denn sie kitzelten mich. Als meine

Mutter mich einseifte, war sie erstaunt über den vielen Schmutz. Ich jedoch konnte ihr nicht erklären, daß in der herunterlaufenden Seife alle an diesem Nachmittag gehörten und angehäuften Ausdrücke mitschwammen. Als ich sauber war, fühlte ich mich nackt, wie aus wärmendem Zeug geschält. Nachher blieb mir jede Menge Zeit, wie ein Teufel zwischen den Schenkeln all dieser Frauen herumzuspielen. Ich hatte Angst, zu rutschen und zu fallen. Ich hielt mich fest an diesen ausgebreiteten Schenkeln und warf einen Blick auf all diese fleischigen, behaarten Unterleiber. Schön war es nicht. Es war sogar widerlich. Abends schlief ich schnell ein, denn ich wußte, ich würde Besuch bekommen von diesen Gestalten, die ich mit einer Peitsche bewaffnet erwartete, da ich sie so breit und fett nicht vor mir sehen wollte. Ich schlug auf sie ein, denn ich wußte, ich würde nie sein wie sie; ich konnte nicht sein wie sie... Es war für mich ein Bild unerträglicher Entartung. Abends versteckte ich mich und betrachtete meinen Unterleib in einem kleinen Taschenspiegel: Hier war nichts Dekadentes festzustellen; weiße durchsichtige, sich sanft anfühlende Haut, ohne Falten, ohne Runzeln. Um diese Zeit untersuchte mich meine Mutter oft. Auch sie fand keinen Makel! Sie war jedoch beunruhigt über meine Brust, die sie mit weißem Leinen umwickelte; sie zog die feinen Stoffstreifen sehr stramm an, auf die Gefahr hin, daß ich kaum noch atmen konnte. Die Brüste durften um keinen Preis vorstehen. Ich sagte nichts, ließ alles mit mir geschehen. Zumindest war dieses Leben außergewöhnlich und voller Wagnisse. Mir gefiel es. Von Zeit zu Zeit bestärkten mich äußere Zeichen in dieser Haltung. Beispielsweise, als mir die Kassiererin des Hammam den Eintritt verweigerte, weil ich ihrer Meinung nach kein unschuldiger kleiner Junge mehr, sondern schon ein kleiner Mann war, der durch seine bloße Anwesenheit im Bad die friedliche

Keuschheit und die versteckten Begierden der ehrbaren Frauen aufstören konnte! Meine Mutter protestierte der Form halber, aber im Grunde war sie froh darüber. Am Abend erzählte sie es stolz meinem Vater, der beschloß, mich von nun an selbst mit in den Hammam zu nehmen. Ich jubelte still in meiner Ecke und erwartete mit ungeheurer Neugierde, in den männlichen Nebel einzudringen. Die Männer sprachen wenig; sie ließen sich von Dampf umhüllen und wuschen sich ziemlich schnell. Es herrschte Arbeitsatmosphäre. Sie erledigten rasch ihre Waschungen, zogen sich in eine dunkle Ecke zurück, um sich am Geschlechtsteil zu rasieren, und gingen dann. Ich aber trödelte und entzifferte die feuchten Steine. Es stand nichts darauf. Das Schweigen wurde nur durchbrochen vom Geräusch fallender Eimer oder den Ausrufen einiger Männer, die sich mit Hingabe massieren ließen. Keine Spur von Verträumtheit! Sie wirkten eher finster, wollten es möglichst schnell hinter sich bringen. Später erfuhr ich, daß sich in diesen dunklen Ecken etliches abspielte, daß die Masseure nicht nur massierten, daß in dieser Finsternis so manches Stelldichein und Wiedersehen stattfand, kurz, daß soviel Stille verdächtig war! Ich begleitete meinen Vater in seine Werkstatt. Er erklärte mir den Ablauf der Geschäfte, stellte mich seinen Angestellten und Kunden vor. Er sagte ihnen, ich sei die Zukunft. Ich sprach nur wenig. Das Stoffband um meine Brust nahm mir immer noch die Luft. Ich ging in die Moschee. Ich war gern in diesem riesigen Gebäude, in das nur Männer zugelassen wurden. Ich betete die ganze Zeit durch und versprach mich oft. Ich hatte mein Vergnügen. Das gemeinsame Lesen des Koran versetzte mich in Taumel. Ich sonderte mich von der Gemeinschaft ab und leierte irgend etwas herunter. Es machte mir großen Spaß, dieser Inbrunst ein Schnippchen zu schlagen. Ich mißhandelte das heilige Wort. Mein Vater achtete nicht darauf.

Für ihn war meine Anwesenheit unter all diesen Männern das einzig Wichtige. Hier lernte ich das Träumen. Diesmal betrachtete ich die mit Skulpturen übersäten Decken. Die Sätze waren darauf kalligraphiert. Sie tropften mir nicht ins Gesicht. Ich stieg zu ihnen hoch. Mit Hilfe des Korangesangs erklomm ich die Säule. Die Suren schleuderten mich ziemlich schnell nach oben. Ich ließ mich im Kronleuchter nieder und beobachtete die Bewegung der in Gips und dann in Holz geritzten arabischen Schriftzeichen. Anschließend machte ich mich auf dem Rücken eines schönen Gebets auf den Weg:

» ان ينصركم الله فلا غالب لكم

‹Schenkt Gott Euch den Sieg,
so kann Euch keiner besiegen.›

Ich klammerte mich an das Alif und ließ mich vom Nûn mitziehen, das mich in den Armen des Ba absetzte. So wurde ich von allen Buchstaben ergriffen, die mich rund um die Decke schwenkten und mich sanft an meinen Ausgangspunkt oben an der Säule zurückbrachten. Dort rutschte ich und glitt hinunter wie ein Schmetterling. Nie störte ich die sich beim Lesen hin- und herwiegenden Köpfe. Ich machte mich klein und drückte mich an meinen Vater, den der betäubende Rhythmus des Lesens langsam einschläferte. Beim Herausgehen aus der Moschee gab es Gedrängel. Die Männer drückten sich gern aneinander. Der Stärkere kam durch. Ich schlängelte mich vorbei, verteidigte mich. Mein Vater mahnte, man müsse sich immer verteidigen. Unterwegs kauften wir Dickmilch in einem durchlässigen weißen Tuch. Dann gingen wir am Ofen vorbei und holten das Brot ab. Mein Vater ließ mich hinter sich zurück. Er sah es gern, wenn ich mich selbständig bewegte. Einmal wurde ich von Strolchen überfallen, die mein Brett mit den Broten stahlen. Ich konnte mich nicht wehren. Sie waren zu dritt. Weinend kam ich nach Hause. Mein Vater verpaßte mir eine Ohrfeige, an die ich mich heute noch erinnere, und sagte: «Du heulst wie ein Mädchen! Ein Mann weint nicht!» Er hatte recht, Tränen sind sehr weiblich! Ich trocknete meine Tränen und ging hinaus auf die Suche nach den Dieben, um mich mit ihnen zu schlagen. Mein Vater holte mich in der Straße ein und sagte, jetzt sei es zu spät! ...»

Hier schließe ich das Buch. Wir verlassen die Kindheit und entfernen uns vom Freitagstor. Schon ist es verschwunden. Ich sehe die Sonne sinken und eure Gesichter aufleuchten. Der Tag geht von uns. Die Nacht wird uns auseinandertreiben. Ich weiß nicht, ob es eine tiefe Schwermut ist, ein durch Worte und Blicke gegrabener Abgrund in mir, der meine Haut in diesem Augenblick verbrennt, oder eine seltsame Ironie, die sich mischt aus dem Kraut des Vergessens und dem Gesicht des Abwesenden.

Samstagstor

Freunde, heute müssen wir weiterziehen. Wir nähern uns der dritten Etappe, dem siebten Tag der Woche, einem viereckigen Platz, einem Getreidemarkt, wo Bauern und Vieh gemeinsam schlafen, einem Ort des Austauschs zwischen Stadt und Land, der von niedrigen Mauern umgeben und von einer natürlichen Quelle bewässert wird. Ich weiß nicht, was uns hier erwartet. Das Tor öffnet sich auf Weizensäcke. Unsere Hauptfigur hat ihre Schritte nie hierhergelenkt, aber ich selbst habe hier früher einen Esel verkauft. Das Tor ist ein Durchbruch in der Mauer, eine Art Ruine, die nirgendwohin führt. Aber wir sind ihm, teils aus Aberglauben, teils aus Gewissenhaftigkeit einen Besuch schuldig. Im Prinzip entspricht dieses Tor der Pubertät. Nun ist das ein ganz schön dunkler Abschnitt. Wir haben die Schritte unserer Hauptfigur aus den Augen verloren. Unter Anleitung des Vaters mußte Ahmed sich schwierigen Prüfungen unterziehen. Eine unklare Zeit, in der der Körper die Orientierung verliert; er ist dem Zweifel ausgeliefert, zögert und tastet sich vor. Diesen Abschnitt müssen wir uns ausdenken und, wenn ihr mir folgen wollt, so bitte ich euch, mir beim Rekonstruieren dieses Abschnitts unserer Geschichte zu helfen. Im Buch ist hier eine weiße Stelle, nackte, offengehaltene Seiten, zur freien Verfügung des Lesers. Ihr seid am Zug!

– Ich denke, es ist der Zeitpunkt, an dem sich Ahmed seiner Lage bewußt wird und eine tiefe Erschütterung durchlebt. Ich stelle ihn mir vor hin- und hergerissen zwischen der Entwicklung seines Körpers und dem Willen seines Vaters, der um jeden Preis einen Mann aus ihm machen wollte...

– Ich glaube nicht an diese Sache mit der Erschütterung. Meiner Meinung nach sind Ahmeds Person und seine Entwicklung ein Produkt der väterlichen Strategie. Ahmed zweifelt nicht. Er will die Probe bestehen und die Herausforderung annehmen. Er ist ein träumerisches, kluges Kind. Er hat schnell begriffen, daß diese Gesellschaft die Männer den Frauen vorzieht.

– Nein! Was geschah, ist ganz einfach. Ich weiß es. Ich bin der älteste in dieser Runde, vielleicht bin ich sogar älter als unser verehrter Meister und Erzähler, vor dem ich mich respektvoll verneige. Diese Geschichte kenne ich. Ich brauche nichts zu erraten oder zu deuten... Ahmed wich nie von der Seite seines Vaters. Seine Erziehung erfolgte außerhalb des Hauses und weit weg von den Frauen. In der Schule lernte er sich zu schlagen; und er schlug sich oft. Sein Vater ermutigte ihn und betastete seine ihm zufolge schlaffen Muskeln. Später mißhandelte Ahmed seine vor ihm zitternden Schwestern. Das verstand sich von selbst! Man bereitet ihn auf die Nachfolge vor. Er wurde zum Mann. Zumindest lernte er, sich zu Hause und auch draußen wie ein Mann zu benehmen.

– Das bringt uns nicht weiter, werter Ältester! Ich sage dir das, weil unsere Geschichte auf der Stelle tritt. Sind wir in der Lage, sie zu erfinden? Könnten wir auf das Buch verzichten?

– Erlaubt, daß ich euch die Wahrheit sage: Es ist die Geschichte eines Wahnsinnigen! Sollte Ahmed wirklich existieren, so befindet er sich sicher in einem Irrenhaus... Du behauptest doch, in diesem Buch, das du da versteckst, den Beweis zu haben, warum zeigst du ihn uns nicht? ...Dann werden wir sehen, ob diese Geschichte wahr ist oder ob du alles erfunden hast und dir auf Kosten unserer Zeit und Geduld einen Jux gemacht hast! ...

Das ist der Wind der Rebellion, der hier weht! Es steht euch frei, an diese Geschichte zu glauben oder nicht. Doch ich habe euch nur an dieser Erzählung beteiligt, um euer Interesse abzuschätzen... Die Fortsetzung werde ich euch vorlesen... Sie ist beeindruckend. Ich schlage das Buch auf, ich wende die leeren Seiten um... Hört!

«Es gibt eine Wahrheit, die nicht gesagt, nicht einmal angedeutet, sondern nur in völliger Einsamkeit gelebt werden kann, umgeben von einem natürlichen Geheimnis, das sich ohne Mühe selbst bewahrt. Dieses Geheimnis ist die Schale der Wahrheit, ihr innerer Duft, der Geruch eines verfallenen Stalles oder einer unverheilten Wunde, der manchmal in Augenblicken der Erschöpfung ausströmt, wenn man sich der Nachlässigkeit oder sogar dem Beginn der Fäulnis überläßt, einem physischen Verfall, der jedoch das Körperbild unberührt erhält, denn das Leiden kommt aus einer solchen Tiefe, daß man sie nicht mehr enthüllen kann; man weiß nicht, ob sie in einem selbst ist oder anderswo, in einem Friedhof, in einem frisch ausgehobenen Grab, zögernd behaust von einem vergewaltigten Körper, von einer einzigartigen Schöpfung. Beim Kontakt mit der klebrigen Intimität jener Wahrheit löst sich diese Schöpfung einfach auf wie eine Biene im Honigglas, eine Gefangene ihrer Illusionen, zum Sterben verurteilt, erwürgt, erstickt vom Leben selbst. Jene alles in allem banale Wahrheit löst Zeit und Gesicht auf, reicht mir einen Spiegel, in dem ich mich ansehen kann, ohne daß mich tiefe Schwermut verwirrt, nicht etwa eine dieser melancholischen Jugendstimmungen, die uns in Dünkel wiegen und in Nostalgie betten, sondern eine Schwermut, die das Wesen zergliedert, vom Boden abhebt und als überflüssiges Beiwerk auf eine Müllhalde wirft oder in einen Schrank voll unverlangter Fundobjekte oder auch auf den Speicher eines Spukhauses voll Ratten. Der Spiegel ist das Mittel über das mein Körper in diesen Zustand gerät, sich in der Erde erstickt, sich ein provisorisches Grab gräbt und sich anziehen läßt von den vielen lebendigen Wurzeln, die unter den Steinen wuchern.

Der Körper duckt sich unter dem Gewicht dieser ungeheuren Schwermut, deren Form, Gewicht und Finsternis nur wenige Auserwählte nicht etwa kennen, sondern nur erahnen können. Daher gehe ich Spiegeln aus dem Weg. Ich habe nicht immer den Mut, mich zu verraten, das heißt, die von meinem Schicksal vorgezeichneten Stufen hinunterzugehen, die mich in mein tiefstes Inneres führen, in die – unerträgliche – Zweisamkeit mit einer Wahrheit, die nie gesagt werden kann. Dort wimmeln nur die Leichenmaden um mich herum. Ich bin so oft versucht, meinen kleinen inneren Friedhof so zu organisieren, daß sich die schlafenden Schatten erheben und ein steifes Glied umtanzen, einen Schwanz, der mir gehörte, den ich aber nie tragen oder vorzeigen könnte. Ich selbst bin der Schatten und das ihn erzeugende Licht, zugleich Herr und Gast eines Hauses, das unter seinen Trümmern ein Massengrab verbirgt, eine auf die feuchte Erde gelegte Hand und ein unter einem Büschel Gras vergrabener Stein, der Blick, der sich sucht, und der Spiegel. Ich bin und bin nicht diese Stimme, die sich anpaßt und die Wendung meines Körpers annimmt. Mein Gesicht ist in den Schleier dieser Stimme eingewikkelt, ist es meine oder die des Vaters, der sie mir im Schlaf durch Mund-zu-Mund-Beatmung eingehaucht oder ganz einfach auferlegt hat? Bald erkenne ich sie an, bald verwerfe ich sie; ich weiß, sie ist meine feinste, ausgeklügeltste Maske, mein glaubwürdigstes Bild; sie verwirrt und verärgert mich; sie läßt den Körper erstarren, umhüllt ihn mit einem Flaum, der zum Bart werden wird. Dieser Stimme ist es gelungen, die Zartheit meiner Haut auszutilgen, und mein Gesicht ist jetzt das ihre. Am allerwenigsten sind mir Zweifel gestattet. Nein, sie sind mir nicht erlaubt. Die tiefe, spröde Stimme arbeitet, schüchtert mich ein, rüttelt mich auf und wirft mich unter die Menge, damit ich sie mir verdiene, sie mit Sicherheit und Natürlichkeit, ohne übertriebenenen Stolz, ohne Wut oder Wahn trage, ich muß ihren Rhythmus, ihren Klang und ihren Gesang beherrschen und sie in der Hitze meiner Eingeweide aufbewahren.

Die Wahrheit flieht mich, ich brauche nur ein Wort zu sagen und sie entfernt sich, gerät in Vergessenheit; ich werde zu ihrem Totengräber und Ausscharrer, zu ihrem Herrn und Sklaven. So ist die Stimme: Sie verrät mich nicht... und selbst wenn ich sie in ihrer Nacktheit bloßstellen, sie gewissermaßen verraten wollte, ich könnte es nicht, ich wüßte nicht wie, und vielleicht würde ich sogar daran sterben. Ihre Ansprüche sind mir bekannt: Wut, Schreie, außerordentliche Sanftmut, leises Murmeln, kurz, alles Unregelmäßige vermeiden. Ich befolge die Regeln. Ich schweige und trete nach diesem unerträglichen Bild. O mein Gott, wie lastet diese Wahrheit auf mir! Harte Notwendigkeit, notwendige Härte. Ich bin der Baumeister und das Gebäude; der Baum und der Saft; ich selbst und ein anderer; ich selbst und eine andere. Gewiß darf keine einzige Kleinigkeit, weder von außen noch aus der Tiefe der Gruft an diese Härte rühren. Nicht einmal Blut. Und eines Morgens befleckte Blut meine Laken. Zeichen der tatsächlichen Beschaffenheit meines in ein weißes Tuch gewickelten Körpers, um die kleine Sicherheit ins Wanken zu bringen oder um die Scheinarchitektur Lügen zu strafen. Auf meinen Schenkeln ein dünnes Blutgerinnsel, eine ungleichmäßige blaßrote Linie. Vielleicht war es kein Blut, sondern eine geschwollene Vene, eine über Nacht verfärbte Krampfader, eine Vision kurz vor Anbruch des Morgenrots; doch das Laken war lauwarm, als umhülle es einen zitternden, kaum der feuchten Erde entzogenen Körper. Es war wirklich Blut; Widerstand des Körpers gegen den Namen; Blutspur einer späten Beschneidung. Es war die Wiederholung, die Grimasse einer verscharrten Erinnerung, der Erinnerung eines Lebens, das ich nicht gelebt hatte und das meines hätte sein können. Seltsam, so Träger eines Gedächtnisses zu sein, das nicht in einem selbst gelebten Leben zusammengetragen, sondern fremder Erfahrung entliehen wurde. Ich balancierte über einen Gartenzaun, über eine Terrasse, über einen Berggipfel und wußte nicht, auf welche Seite ich zu fallen drohte. Ich hing in einem roten Laken, und Blut verschwamm mit der Farbe dieser Hülle. Ich spürte das Bedürfnis, mich von mir selbst zu heilen, diese Einsamkeit abzustreifen, die schwer war wie ein Gemäuer, das die Klagen und Schreie verschmachtender Gefangener in sich aufgesogen hat, eine Moschee in der Wüste, wo die Menschen der Dämmerung ihre Schwermut ablegen und etwas Blut opfern. Eine kleine Stimme durchdringt das Gemäuer und flüstert mir zu, daß die Traumbilder die morgendlichen Sterne lähmen. Ich blicke in den Himmel und sehe dort nur einen weißen, von unfehlbarer Hand gezogenen Strich. Auf diesem Pfad sollte ich einige Steine als Wegzeichen und Markierungen meiner Einsamkeit ablegen und beim Gehen die Arme ausstrecken, wie um den Vorhang der plötzlich von diesem Himmel fallenden Nacht zurückzuziehen oder den Himmel aufzuhalten, der als fester Brocken aus dieser Nacht stürzt, aus dieser Nacht, die ich trage wie ein Gesicht, einen Kopf, den ich nicht einmal abschnüren kann. Dieses dünne Blutrinnsal konnte nur von einer Wunde sein. Meine Hand versuchte, seinen Fluß aufzuhalten. Ich betrachtete meine gespreizten Finger, die verklebt waren mit weißgetrocknetem Blut. Durch sie hindurch sah ich den Garten, die unbeweglichen Bäume und den von sehr hohen Ästen durchbrochenen Himmel. Mein Herz schlug schneller als gewöhnlich. Aus Aufregung, Angst oder Scham? Ich hatte das doch erwartet. Ich hatte meine Mutter und einige meiner Schwestern mehrmals beobachtet, wie sie weiße Stoffstücke zwischen ihre Beine schoben oder dort hervorholten. Meine Mutter zerschnitt die alten Bettlaken in Stücke und hob sie in einer Schrankecke auf. Meine Schwestern bedienten sich ihrer schweigend. Ich bemerkte das alles und wartete auf den Tag, an dem auch ich diesen Schrank heimlich öffnen und zwei oder drei Schichten Stoff zwischen meine Beine schieben würde. Ich würde zum Dieb. Nachts würde ich das Fließen beobachten. Danach würde ich die Blutflecken auf dem Stoff untersuchen. Das war die Wunde. Eine Art Verhängnis, ein Verrat an der Ordnung. Meine Brust wurde immer noch daran gehindert anzuschwellen. Ich stellte mir nach innen wachsende Brüste vor, die mir das Atmen erschwerten. Doch ich bekam keine Brüste... Ein Problem weniger. Nach der Ankunft des Blutes wurde ich wieder zu mir selbst zurückgeführt und nahm die Linien der Hand so auf, wie sie das Schicksal vorgezeichnet hatte.»

Das Samstagstor schließt sich auf eine tiefe Stille. Erleichtert tritt Ahmed aus diesem Tor heraus. Er versteht, daß sein Leben nunmehr von der Wahrung des Scheins abhing. Er ist nicht länger ein Wille des Vaters. Er wird sein eigener Wille werden.

Bab El Had

Das Tor ist winzig; man muß sich beim Durchgehen bükken. Es liegt am Eingang der Medina und ist mit dem als Ausgang benutzten Tor am anderen Ende verbunden. In Wirklichkeit sind das falsche Eingänge. Alles hängt davon ab, wo man herkommt; wie schön zu wissen, daß es in jeder Geschichte Ein- und Ausgänge gibt. Ahmed wird übrigens oft zwischen beiden Toren hin- und herpendeln. Er ist zwanzig, ein gebildeter junger Mann, und sein Vater denkt voll Unruhe an seine Zukunft. Wahrscheinlich lauern schon alle unserer Geschichte an dieser Klippe auf. Die Dinge spielten sich folgendermaßen ab:

Eines Tages suchte Ahmed den Vater in seiner Werkstatt auf und fragte ihn:

– Vater, wie findest du meine Stimme?

– Sie klingt gut, weder zu tief, noch zu hell.

– Gut, antwortete Ahmed. Und meine Haut, wie findest du die?

– Deine Haut? Mir fällt nichts Besonderes auf.

– Hast du bemerkt, daß ich mich nicht jeden Tag rasiere?

– Ja, warum?

– Was hältst du von meinen Muskeln?

– Welche Muskeln?

– Zum Beispiel an der Brust...

– Nun, ich weiß nicht.

– Hast du bemerkt, daß es hier auf der Höhe der Brustwarzen hart ist? ... Vater, ich werde mir einen Schnurrbart wachsen lassen.

– Wenn es dir Spaß macht!

– Ab jetzt werde ich Anzug und Krawatte tragen...

– Wie du willst, Ahmed.

– Vater, ich möchte heiraten...
– Was? Du bist noch zu jung...
– Hast du nicht jung geheiratet?
– Ja, das war eine andere Zeit...
– Und was für eine Zeit ist meine?
– Ich weiß nicht. Du bringst mich in Verlegenheit.
– Ist es nicht die Zeit der Lüge, der Mystifizierung?
Bin ich ein Wesen oder ein Bild, ein Körper, oder eine Willkür, ein Stein in einem verblühten Garten oder ein erstarrter Baum? Sag mir, wer ich bin?
– Aber warum all diese Fragen?
– Ich stelle sie dir, damit du und ich den Dingen ins Gesicht sehen. Weder du noch ich machen uns etwas vor. Nicht nur, daß ich meinen Zustand akzeptiere und lebe, ich liebe ihn. Er interessiert mich. Er gibt mir Vorrechte, die mir sonst nie gewährt worden wären. Das öffnet mir Türen, und ich liebe es, selbst wenn ich anschließend in einen Glaskäfig gesperrt bin. Manchmal ersticke ich im Schlaf. Ich ertrinke in meinem eigenen Speichel. Ich klammere mich an die kreisende Erde und nähere mich so dem Nichts. Doch wenn ich aufwache, bin ich trotz allem glücklich, das zu sein, was ich bin. Ich habe alle Anatomie-, Biologie-, Psychologie-, ja sogar Astrologiebücher gelesen. Ich habe viel gelesen und mich für das Glück entschieden. Leiden, Unglück und Einsamkeit schiebe ich in ein großes Heft ab. Ich habe mich für das Leben entschieden und damit in das Abenteuer eingewilligt. Und ich möchte diese Geschichte bis an ihr Ende führen. Ich bin ein Mann. Ich heiße Ahmed, gemäß der Tradition unseres Propheten. Und mir verlangt nach einer Ehefrau. Wir werden ein großes verschwiegenes Verlobungsfest feiern. Vater, du hast mich zum Mann gemacht, ich muß einer bleiben. Und, wie unser geliebter Prophet sagt, «ein ganzer Moslem ist ein verheirateter Mann».

Der Vater war zutiefst bestürzt. Er wußte weder, was er

seinem Sohn antworten, noch wen er um Rat fragen sollte. Letzten Endes führte Ahmed die Sache ja lediglich zu ihrem logischen Ende. Der Sohn hatte seinem Vater nicht alles gesagt, denn er hatte einen Plan. Eine tiefe, unbehagliche Stille breitete sich aus. Ahmed war herrschsüchtig geworden. Zu Hause ließ er sich beim Mittag- und Abendessen von seinen Schwestern bedienen. Er verschanzte sich in seiner Dachkammer. Er verbot sich jede Vertraulichkeit mit seiner Mutter, die ihn nur selten sah. In der Werkstatt hatte er bereits begonnen, die Geschäfte in die Hand zu nehmen. Er war tüchtig, modern, zynisch, ein ausgezeichneter Verhandlungsführer. Seinem Vater glitten die Fäden aus der Hand. Er ließ ihn gewähren. Ahmed hatte keine Freunde. Er war verschlossen und angsteinflößend, man fürchtete ihn. Er thronte in seinem Zimmer, ging spät zu Bett und stand früh auf. Er las überaus viel und schrieb nachts. Machmal kam er vier bis fünf Tage lang nicht aus seinem Zimmer. Nur seine Mutter wagte, an seine Tür zu klopfen. Er hustete, um nicht sprechen zu müssen und doch ein Lebenszeichen von sich zu geben.

Eines Tages rief er seine Mutter zu sich und erklärte ihr in entschlossenem Ton:

– Ich habe meine zukünftige Frau ausgewählt.

Der Vater hatte die Mutter unterrichtet. Sie sagte nichts. Sie tat nicht einmal erstaunt. Von seiner Seite konnte nichts sie mehr aus der Fassung bringen. Sie sagte sich, daß der Wahnsinn bis zu seinem Gehirn vorgedrungen sei. Daß er zum Ungeheuer geworden sei, wagte sie nicht zu denken. Sein Benehmen im letzten Jahr hatte ihn verändert und unkenntlich gemacht. Er war zerstörerisch und gewalttätig, auf jeden Fall seltsam geworden. Sie blickte zu ihm auf und sagte:

– Wer ist es?

– Fatima...

– Welche Fatima?...

– Meine Kusine Fatima, die Tochter meines Onkels, des

jüngeren Bruders meines Vaters, der sich bei der Geburt jeder deiner Töchter so gefreut hat...

– Aber das kannst du nicht. Fatima ist krank... Sie ist Epileptikerin und hinkt auch noch...

– Eben deshalb!

– Du bist ein Ungeheuer...

– Ich bin dein Sohn, nicht mehr, nicht weniger.

– Aber du wirst Unheil stiften!

– Ich gehorche euch doch nur; du und Vater, ihr habt mir einen Weg vorgezeichnet; ich habe ihn eingeschlagen, bin ihm gefolgt und aus Neugierde etwas weitergegangen, und weißt du, was ich entdeckt habe? Weißt du, was am Ende dieses Weges auf mich wartet? Ein Abgrund. Die Straße bricht unvermittelt auf einem großen Felsen ab, der eine riesige Müllhalde überragt, städtische Abwässer, die wie zufällig dort hinfließen und Verfaultes mit sich führen, tränken sie; die Gerüche vermengen sich, und das alles erregt nicht etwa Ekel, sondern die Trunkenheit des Bösen. O beruhige dich, ich war nicht dort... Ich stelle es mir vor, ich rieche es, ich sehe es!

– Ich selbst habe nichts entschieden.

– Das stimmt! In dieser Familie wickeln sich die Frauen in ein Leichentuch aus Schweigen..., sie gehorchen..., meine Schwestern gehorchen; du schweigst und ich befehle! Welche Ironie! Wie ist es dir nur gelungen, deinen Töchtern nicht den geringsten Keim von Aufstand einzuhauchen? Sie sind da, kommen und gehen, eng an die Mauern gepreßt, und warten auf das Schicksal in Gestalt eines Ehemannes..., welch ein Elend! Hast du meinen Körper gesehen? Er ist gewachsen; er hat sich wieder in seinem eigentlichen Heim eingerichtet..., ich habe die andere Schale abgestreift; sie war zart und durchsichtig. Ich habe die Haut zugepflastert. Der Körper ist gewachsen, und ich schlafe nicht mehr im Körper eines anderen. Ich bette mich an den Saum eures Leichentuchs. Du sagst nichts. Recht hast du. Ich werde das Thema wechseln. Seit einiger Zeit kommen mir bestimmte Koransuren, die ich auswendig lernen mußte, immer wieder in den Sinn, einfach so, ohne besonderen Grund. Sie gehen mir durch den Kopf, halten eine Sekunde lang inne und verschwinden dann.

> «Allah schreibt Euch vor hinsichtlich Eurer Kinder dem Knaben zweier Mädchen Anteil zu geben...» *

Ach, und überhaupt nein, ich will sie mir nicht einprägen; ich streue sie in den Wind... Ich will also heiraten und, wie man so sagt, eine Familie gründen, eine Familie auf glühenden Kohlen, mein Haus wird ein Glaskäfig sein, nichts Großartiges, nur ein Zimmer voll mit Spiegeln, die sich das Licht und die Bilder zuwerfen... Zuerst werde ich mich verloben. Eins nach dem anderen. Jetzt werde ich schreiben, vielleicht Liebesgedichte für die geopferte Frau. Sie oder ich. Ihr könnt wählen.

O meine Gefährten! Unsere Figur entschlüpft uns. In meinem Kopf ist sie nie bösartig geworden. Ich glaube fast, sie läßt uns allmählich im Stich. Diese heftige Kehrtwendung, dieser plötzliche Gewaltausbruch machen mir Sorgen, und ich weiß nicht, wohin uns das führen wird. Ich muß allerdings auch zugeben, daß es mich ziemlich erregt! Er ist verdammt, vom Fluch besessen, von Hexenmeistern verzaubert. Er hat seine Bosheit nicht unter Kontrolle. Glaubt ihr, o meine Zuhörer, daß er ein skrupelloser Mensch, ein Ungeheuer ist? Ein Ungeheuer, das Gedichte schreibt! In mir nagt der Zweifel, und ich fühle mich unwohl in Gesellschaft dieses neuen Gesichts. Zurück zum Buch. Die Tinte ist verblaßt. Wassertropfen – vielleicht Tränen – machen diese Seite unleserlich. Es fällt mir schwer, sie zu entziffern:

* (Vierte Sure, Die Frauen, 11-12)

«Ich halte mich in den schmerzenden Armen meines Körpers, ich dringe vor bis in das tiefste Innere, wie um zu flüchten. Ich lasse mich in eine Falte gleiten und liebe den Geruch dieses Tals. Ich erschauere beim Schrei der von dem Abwesenden gesandten Stute. Sie ist weiß, und ich verhülle meine Augen. Langsam öffnet sich mein Körper der Begierde. Ich nehme ihn bei der Hand. Er widersetzt sich. Die Stute jagt davon. Ich schlafe in meinen Armen ein.

Ist es das Murmeln des Meeres am Ohr eines toten Schimmels? Ein Schimmel oder eine Sirene?

Welch ein Untergangsreigen, verschlungen von der Haarpracht des Meeres! Ich bin eingefangen in ein Bild; hohe Wellen verfolgen mich. Ich falle. Ich versinke in Ohnmacht. Kann man im Schlaf ohnmächtig werden, das Bewußtsein verlieren, die vertrauten Gegenstände nicht mehr mit tastender Hand wiedererkennen? Ich habe mein Haus auf Vexierbildern erbaut. Dies ist kein Spiel. Ich versuche, nicht zu sterben. Mir bleibt wenigstens ein ganzes Leben, die Frage zu beantworten: Wer bin ich? Und wer ist der andere? Eine Morgenbrise? Ein Stilleben? Ein zitterndes Blatt? Weißer Rauch über dem Berg? Ein Spritzer klaren Wassers? Ein von Verzweifelten belagerter Sumpf? Ein Fenster zum Abgrund? Ein Garten am anderen Ende der Nacht? Eine alte Münze? Das Leichenhemd eines Toten? Ein Tropfen Blut auf halbgeöffneten Lippen? Eine schlechtsitzende Maske? Eine blonde Perücke auf grauem Haar? Ich schreibe all diese Worte und höre den Wind, nicht draußen, sondern in meinem Kopf; er pfeift wüst und läßt die Fensterläden klappern, durch die ich den Traum betreten habe. Ich sehe, wie sich eine Tür senkt. Wird sie dorthin fallen, wo ich gewöhnlich meinen Kopf hinbette, um andere Leben zu empfangen, andere Gesichter zu streicheln; finstere oder fröhliche Gesichter, aber ich liebe sie, denn ich bin es, der sie erfindet. Ich gestalte sie ganz anders als mein eigenes, unförmig oder von erhabener Schönheit, dem Tageslicht entrissen und auf die Äste des Baumes gepflanzt wie die Hexenbeute. Manchmal bringt mich die Frostigkeit dieser Gesichter um. Ich gebe sie auf... Ich suche anderswo. Ich nehme Hände. Ich suche große, feingliedrige aus. Ich schüttele sie, küsse sie, sauge an ihnen. Und ich berausche mich. Die Hände sind mir mehr zu Willen. Sie können keine Grimassen schneiden. Die Gesichter rächen sich für meine Freiheit, indem sie ständig Fratzen ziehen. Deshalb beseitige ich sie. Nicht mit Gewalt. Aber ich schiebe sie beiseite; ich türme sie aufeinander. Sie zerdrücken sich. Sie leiden. Einige können noch schreien. Eulenschreie. Mauzen. Zähneknirschen. Ausdruckslose Gesichter. Weder Mann noch Frau. Aber Züge von außerordentlicher Schönheit. Die Hände verraten mich auch, besonders wenn ich versuche, sie mit den Gesichtern zu vermählen. Am wichtigsten ist es, den Untergang zu vermeiden. Der Untergangsreigen läßt mich nicht mehr los. Es besteht die Gefahr, daß ich alles verliere und mich draußen unter den anderen wiederfinde. Meine Nacktheit ist mein höchstes Privileg. Ich bin der einzige, der sich in sie vertieft. Ich bin der einzige, der sie verflucht. Ich tanze. Ich drehe mich im Kreis. Ich klatsche in die Hände. Ich stampfe mit den Füßen. Ich beuge mich hinunter zur Fallgrube, in der ich meine Kreaturen verstecke. Ich habe Angst, zu fallen und mit einem dieser Gesichter ohne Lächeln zu verschmelzen. Ich drehe mich im Kreis, und der Taumel erfaßt mich. Schweiß perlt auf meiner Stirn. Mein Körper tanzt und schlägt einen afrikanischen Rhythmus... Ich höre ihn. Ich sehe den Urwald und mische mich unter die nackten Männer. Ich vergesse, mich zu fragen, wer ich bin. Ich sehne mich nach der Ruhe des Herzens. Ich werde verfolgt und biete einer Flamme im Wald meinen Mund. Ich bin nicht in Afrika, sondern in einem Seemannsfriedhof und friere. Alle Gräber sind leer, verlassen. Der pfeifende Wind ist ihr Gefangener. Ein Pferd, das mit den blauen Farben der Nacht bemalt ist, galoppiert durch den Friedhof. Es sind meine Augen, die fallen und sich in den Kopf des Pferdes eingraben. Finsternis legt sich über mich. Ich fühle mich in Sicherheit. Von warmen Händen erfaßt. Sie streicheln meinen Rücken, und ich erahne sie. Es sind nicht meine Hände. Alles fehlt mir, und ich weiche zurück. Ist es die Müdigkeit oder der Gedanke an die Rückkehr zu mir selbst, nach Hause. Ich möchte lachen, denn ich weiß, ich bin verdammt, allein zu bleiben, und werde die Furcht nicht überwinden können. Das nennt man wohl Lebensangst. Ich habe Jahre damit verbracht, sie meiner Einsamkeit anzupassen. Meine Abgeschiedenheit wird erwünscht, erwählt, geliebt. Ich werde ihr außerdem Gesichter und Hände, Reisen und Gedichte abgewinnen. Aus dem Leiden errichte ich mir einen Palast, in dem der Tod keinen Platz haben wird. Ich bin es gar nicht selbst, der ihn zurückweist. Andere haben ihm den Eintritt verwehrt, doch das Leiden genügt sich selbst. Da ist kein Donnerschlag vonnöten. Dieser Körper ist aus Fasern geknüpft, die den Schmerz speichern und den Tod einschüchtern. Das ist meine Freiheit. Die Angst zieht sich zurück, und ich bleibe allein, schlage mich bis zum Morgengrauen. Morgens bin ich zu Tode erschöpft und glücklich. Die anderen verstehen nichts. Sie sind meines Irrsinns nicht würdig. So sind meine Nächte: wie Märchen. Ich setze sie auch gern oben auf den Felsen ab und warte, bis der Wind sie schüttelt, wäscht, vom Schlummer trennt, aus der Finsternis löst, entkleidet und sie mir, nur in eine Traumwolke gehüllt, wiederbringt. Dann wird alles durchsichtig. Ich vergesse. Ich gleite sanft in den offenen Körper des anderen.

Ich stelle niemandem mehr Fragen. Ich trinke Kaffee und lebe. Weder gut noch schlecht. Ich stelle niemandem

Fragen, denn es gibt keinen Antworten auf meine Fragen. Ich weiß es, weil ich auf beiden Seiten des Spiegels lebe. Eigentlich bin ich unernst. Ich spiele gern, selbst wenn ich dadurch Übelkeit verursache. Ich stehe schon seit langem über dem Übel. Ich betrachte das alles aus der Ferne, vom Gipfel meiner Einsamkeit. Seltsam! Meine Härte, mein Starrsinn öffnen mir Türen. Als ginge es mir darum! Ich liebe die von mir selbst erfaßte Zeit. Außer ihr bin ich etwas verloren. Dann werde ich streng. Früher als vorgesehen lasse ich die behütete Kindheit hinter mir und bedränge die einen wie die anderen, ich will nicht geliebt, sondern verlassen werden. Sie verstehen nicht. Daher die Notwendigkeit, meinen Zustand in seiner ganzen Abscheulichkeit zu leben.

Heute denke ich gern an jene, die meine Frau werden wird. Ich rede noch nicht von Begierde, ich rede von Knechtschaft. Sie wird, ein Bein hinter sich herziehend, angehumpelt kommen, mit verkrampftem Gesicht, beunruhigter Miene, fassungslos über meinen Antrag. Ich werde sie in mein Zimmer hinaufbestellen und ihr von meinen Nächten erzählen. Ich werde ihre Hand küssen, ihr sagen, sie sei schön; ich werde sie zum Weinen bringen und mit ihrem Anfall ringen lassen; ich werde sie bei ihrem Kampf gegen den Tod, bei ihrem Sabbern und inständigen Bitten beobachten; ich werde sie auf die Stirn küssen; sie wird sich beruhigen und, ohne sich umzudrehen, nach Hause zurückkehren.

Ich bin nicht bedrückt, ich bin außer mir. Ich bin nicht traurig. Ich bin verzweifelt. Meine Nacht hat mir nichts gegeben. Sie ist unbemerkt vorbeigegangen. Ruhig, leer, schwarz.»

Freunde, ich habe es euch gesagt, diese Tür ist eng. Auf euern Gesichtern lese ich Verlegenheit und Unruhe. Diese Beichte klärt uns auf und hält uns fern. Sie entfremdet uns die Hauptfigur mehr und mehr.

Ein sehr geheimnisvoller Briefwechsel sollte die Pläne und das Leben unseres Helden erschüttern. Diese dem Heft anvertrauten Briefe sind nicht alle datiert. Doch beim Durchlesen wird ersichtlich, daß sie aus dem gleichen Zeitraum stammen, an dem wir nun angelangt sind. Sie sind nicht unterschrieben, oder die Unterschrift ist völlig unleserlich. Manchmal ist es ein Kreuz, andere Male sind es Initialen oder Arabesken.

Hat ein anonymer Schreiber oder eine anonyme Schreiberin sie verfaßt? Oder sind es Phantasiegebilde? Sollte er in seiner Einsamkeit an sich selbst geschrieben haben? ...

Der erste Brief ist nicht im Heft. Er muß verlorengegangen sein. Der zweite ist seine Antwort:

«Sollte ich denn nur der Sühne leben! Ihr Brief hat mich nicht erstaunt. Ich habe erraten, wie Sie sich die ganz persönlichen und einzigartigen Informationen über mein Leben verschafft haben. Sie ereifern sich über eine Abwesenheit oder schlimmstenfalls eine Täuschung. Ich selbst bin nicht, was ich bin; vielleicht die eine und der andere! Aber die Art, in der Sie sich in diese Fragen einschleichen, die Unvorsichtigkeit, mit der sie sich in meinen Traum einmischen, machen Sie zum Mitschuldigen allen Unheils, das ich je begehen oder herbeiführen kann. Ihre Unterschrift ist ein unleserliches Gekritzel. Der Brief ist nicht datiert. Sollten Sie der Todesengel sein? Wenn ja, besuchen Sie mich, wir könnten gemeinsam lachen... Postlagernd! Initialen. Soviel Geheimnistuerei...»

«Ich habe Ihren Brief unter dem Stein am Garteneingang gefunden. Danke, daß Sie geantwortet haben. Sie bleiben immer noch sehr ausweichend, meine Liebe. Ich erwarte

Sie schon lange. Meine Fragen waren sicher nicht sehr genau. Sie müssen verstehen, ich kann meine Identität nicht preisgeben, ohne einer Gefahr ausgeliefert zu sein, die sowohl Sie als auch mich ins Unglück stürzen würde. Unser Briefwechsel muß vertraulich bleiben. Ich zähle auf Ihren Sinn für das Geheime.

Das Geschick, das mich leitet und zu Ihnen führt, ist vom Siegel der Unmöglichkeit geprägt. Dennoch begebe ich mich gern auf diesen Weg, mit einer Geduld, die mein Traum mit Hoffnung nährt. Ihr Traumbild erscheint mir, sobald das Fieber steigt; ich sehe Sie dann, ohne daß Sie mich erblicken; ich höre Sie, wenn Sie mit sich selbst sprechen oder sich nackt in die weißen Seiten dieses Heftes betten, ich beobachte Sie und folge Ihnen, bis mir der Atem fehlt, denn Sie sind immerzu in Bewegung, laufen unglaublich viel herum. Ich möchte Ihnen einen Moment, einen kurzen Augenblick lang Einhalt gebieten können, um Ihre Augen, Ihre Wimpern zu betrachten. Doch ich habe nur ein verschwommenes Bild von Ihnen, und das ist vielleicht besser so!»

«Da Sie sich bis zu mir herbemühen, um mich zu belauern und meine Handlungen und Gedanken zu beobachten, habe ich mich zum Großreinemachen entschlossen. Mein Zimmer ist nicht sehr groß. Die sich gegenüberstehenden Spiegel, das Tageslicht, die großen Fenster und meine Einsamkeit lassen es groß erscheinen. Ich werde es noch weiter vergrößern, indem ich in meinem Leben und meinen Erinnerungen aufräume, denn nichts ist so sperrig wie die Dinge, die von der Zeit in den Speichern des Gedächtnisses zurückgelassen wurden. (Die Leute sagen eine Ecke des Gedächtnisses, doch ich weiß, daß es ein Speicher ist, denn so viele Gegenstände haben sich aufgestapelt und warten nur auf ein Zeichen, um herunterzukullern und mein jetziges Leben zu verstopfen.) Bei Ihrem nächsten Besuch werden Sie erstaunt sein und sich sogar fremd fühlen. Ich verhehle nicht, daß ich Sie verderben, Ihr Verderben beschleunigen will. Sie werden ins Netz Ihrer Verwegenheiten oder ganz einfach in einen Graben am Wegesrand stürzen. Doch bleiben wir eine Zeitlang zusammen. Verlieren wir uns nicht aus den Augen. Auf bald!»

«Da mir die Zeit fehlt, Sie aufzusuchen, und ungewiß ist, ob meine Anwesenheit Sie erschüttern könnte, schreibe ich Ihnen lieber. Ich werde weder Ihre Schönheit erwähnen noch die Sie umhüllende und bewahrende Anmut, noch die Handhabung Ihres Schicksals.

Ich habe gehört, Sie hätten den Wunsch und Willen zur Heirat geäußert. Im Prinzip eine schöne Geste! Doch Ihre Seele scheint sich zu verirren. Sollten Sie es wagen, ein armes, schutzloses Wesen zum Opfer zu machen? Nicht doch! Das ist Ihrer unwürdig. Sollte es Ihnen jedoch darum gehen, einem Ihrer Onkel übel mitzuspielen, so hätte ich einige Vorschläge zu unterbreiten. Aber ich bleibe weiterhin überzeugt, daß Ihr Genie nach ungleich Höherem strebt!

Vergessen wir diese Winkelzüge bis zum Sommer oder Herbst. Sehen Sie doch, wie sich der Frühling über unsere Körper beugt und vorsichtig unsere Herzen öffnet.

Ich werde weiterhin im Schatten einer Anonymität verbleiben, aus der jeder Ausbruch möglich ist, vor allem wenn er zu Ihnen, zu Ihren Gedanken, zu Ihrer Seele, zu Ihrem neben mir ausgestreckten Körper führt...»

«Mein Vater ist krank. Ich muß alle meine Pläne aufgeben. Ich durchlebe eine schwierige Zeit. Der Gedanke an sein Ableben läßt mich nicht mehr los. Wenn ich ihn husten höre, tut es mir sehr weh. Meine Mutter scheint auf diese

Prüfung nicht vorbereitet zu sein. Ich verlasse mein Zimmer und liege schlaflos neben ihm. Ich überwache seinen Atemrhythmus. Ich wache über ihn und weine still über mich.

Ich erzähle Ihnen heute meine Furcht und meinen Schmerz, während Sie sich in dieser Anonymität eingerichtet haben, die mich Ihnen sehr viel näherbringt. Ich möchte weder Ihr Gesicht sehen noch Ihre Stimme hören. Lassen Sie mich Sie durch Ihre Briefe erahnen. Nehmen Sie es mir nicht übel, wenn ich mich eine Zeitlang nicht melde.»

Der Briefwechsel bricht hier ab und gibt die Manege frei für das Hauptereignis, die entscheidende Prüfung, die wichtige Wende, die das Leben unserer Hauptfigur erschüttern wird. Dem Tod des Vaters gehen eine Reihe von kleinen Geschehnissen, Schachzügen und Versuchen voraus, die den Willen des Erben stärken und seinem Status eine unbestrittene Legitimität verleihen. Wie sein Name sagt, ist Bab el Had das Grenztor, die Mauer, die sich zum Abschluß einer Situation erhebt! Es wird unser letztes Tor sein, denn es ist ohne Vorwarnung hinter uns zugefallen. Ich hatte euch doch von den sieben Toren erzählt; heute sind mir die Fäden entglitten. Unsere Geschichte endet nicht an diesem Tor. Sie geht weiter, aber sie wird keine in Mauerwerk gebrochenen Tore mehr durchschreiten. Sie wird in einer Ringstraße Runden ziehen, und wir werden ihr mit zunehmender Aufmerksamkeit folgen müssen.

Das vergessene Tor

Nunmehr müssen wir durch die Mauerlücken, die vergessenen Öffnungen schlüpfen; wir müssen auf Zehenspitzen gehen und die Ohren aufsperren, nicht tagsüber, sondern abends, wenn der Mond Schatten über unsere Geschichte wirft, wenn sich die Sterne in einer Himmelsecke sammeln und die Welt beim Entschlummern beobachten.

O Freunde, ich wage nicht, in eurer Gegenwart von Gott, dem Gleichmütigen, dem Allerhöchsten zu sprechen. Ich entsinne mich der Worte eines großen Schriftstellers, die mich noch heute beschäftigen: «Wir wissen nicht, wo Gott seine Zeichen setzt, und das Leben ist keusch wie ein Verbrechen.» Wir sind seine Sklaven und sinken erschöpft um. Ich selbst bin der Blinde, der auf einer unbewehrten Terrasse tanzt; jeden Augenblick kann ich stürzen. Das ist das Abenteuer... einige Strichpunkte, die uns halten.

Der Vater ist langsam gestorben. Der Tod hat sich Zeit gelassen und ihn eines Morgens im Schlaf gepflückt. Ahmed nahm die Dinge gebieterisch in die Hand. Er rief seine sieben Schwestern zu sich und sagte ihnen ungefähr folgendes: ‹Ab heute bin ich nicht mehr euer Bruder; ich bin auch nicht euer Vater, sondern euer Vormund. Es ist meine Pflicht und mein Recht, über euch zu wachen. Ihr schuldet mir Gehorsam und Respekt. Ich brauche euch schließlich nicht daran zu erinnern, daß ich ein Mann der Ordnung bin und daß die Frau bei uns dem Manne untertan ist. Und das nicht etwa, weil Gott es gewollt oder der Prophet es beschlossen hat, sondern weil die Frau sich in dieses Los fügt. Also duldet und schweigt!›

Nach dieser Feststellung ließ er die Notare kommen, bat die Onkel zu sich und regelte das Erbschaftsproblem. Es herrschte Ordnung. Von seinem unbekannten Brieffreund erhielt Ahmed ein kurzes Beileidsschreiben, das er einige Tage später beantwortete:

«Mein Körper trägt noch das Brandzeichen meines Vaters. Er ist vielleicht tot, aber ich weiß, er wird wiederkommen. Eines Abends wird er vom Hügel heruntersteigen und die Stadttore eines nach dem anderen öffnen. Dieses Brandzeichen vergiftet mein Blut, es bestimmt den Weg, dem ich ohne Abweichungen folgen muß. Ich spüre keinen Kummer. Mein Schmerz ist auf Reisen. Meine Augen bleiben trocken, und etwas Eiter befleckt meine Unschuld. Mir scheint, ich bin mit dieser gelblichen Flüssigkeit eingesalbt, die mich an Orte und Zeiten des Todes erinnert.

Jetzt bin ich der Hausherr. Meine Schwestern haben sich dareingeschickt. Ihr Blut fließt träge. Meine Mutter hat sich in stille Trauer zurückgezogen. Und ich zweifle. Ich weiß nicht, welchen Gegenstand, welchen Garten, welche Nacht ich aus der Zukunft zurückbringen werde. Ich reise viel; ich schlafe nie ein, ohne einige dunkle, unbekannte Pfade entlanggestreift zu sein. Eine vertraute Hand – vielleicht meine eigene, vielleicht die meines Vaters – hat sie auf ein weißes, nacktes, verlorenes Blatt gezeichnet, das der Wind im Vorbeiflug verschmäht. Das ist die Zukunft, eine verschleierte Statue, die einsam durch diese weiße Weite, ein Reich unerträglichen Lichts gleitet. Vielleicht ist diese Statue eine Frau, die über die sterbenden Pferde wacht, dort unten am Ende dieses Weges, der von der Stimme des Vaters vorgezeichnet wurde.

Auf bald.

Muß ich Sie, der Sie vielleicht gar nicht existieren, daran erinnern, daß ich nicht zur Freundschaft und noch viel weniger zur Liebe tauge.

P. S. Jeden Morgen schaue ich beim Aufstehen zum Fenster hinaus, um zu sehen, ob der Himmel, während ich schlief, nicht in den Innenhof des Hauses geglitten ist und sich dort wie eine Lava ausgebreitet hat. Eines Tages, da bin ich sicher, wird er herunterkommen und meine Überreste verbrennen.»

Während der Erzähler diesen Brief vorlas, ging ein langer, dünner Mann rastlos hin und her, durchmaß den Kreis in der Mitte, schritt um ihn herum und schwang einen Stock, als wolle er protestieren oder etwas richtigstellen. Er begab sich in den Mittelpunkt, hielt sich mit einem Stock den Erzähler vom Leib und wandte sich an die Zuhörer:

«Dieser Mann verbirgt die Wahrheit vor euch. Er fürchtet, euch alles zu sagen. Diese Geschichte habe ich ihm erzählt. Sie ist schrecklich. Ich habe sie nicht erfunden. Ich habe sie erlebt. Ich gehöre zur Familie. Ich bin der Bruder Fatimas, der Frau von Ahmed, oder besser der Frau, die die Rolle der Gattin übernahm, aber einer Gattin, die sich mitziehen ließ in den Strudel einer für uns anständige, gute Moslems allzu abseitigen Verirrung. Als seine Mutter, umringt von ihren sieben Töchtern und gefolgt von ihrer mit Geschenken beladenen Dienerschaft, einen großen Blumenstrauß zu uns nach Hause brachte, flüsterte sie meiner Mutter etwa folgendes ins Ohr: ‹Dasselbe Blut, das uns in der Vergangenheit zusammenbrachte, wird uns, so Gott will, auch in Zukunft vereinen›, dann, nach den Begrüßungsriten und -worten, sprach sie langsam, jede Silbe betonend, den Namen Fa-ti-ma aus und wiederholte ihn mehrmals, um jeden Irrtum auszuschließen. Meine Mutter lächelte nicht mehr. Ein Heiratsantrag an die bedauernswerte Fatima, die hinkte und oft epileptische Anfälle hatte, das war zu schön oder zu niederträchtig. Sobald ihr Name gefallen war, führten wir sie weg, sperrten sie in die Dachkammer und sagten nichts. Weder ja noch nein. Wir warteten die Absprache mit dem Vater ab. Die Beziehungen zwischen beiden Familien sind nie gut gewesen. Neid und Konkurrenzdenken nährten einen kleinen lautlosen Krieg. Aber der Schein wurde oft gewahrt. Manche nennen so etwas Scheinheiligkeit. Die beiden Brüder mochten sich nicht sehr. Selbstverständlich ergriffen die Frauen jeweils Partei für ihren Mann. In Wirklichkeit haßten sich die Männer stillschweigend. Es war Sache der Frauen, die Spannungen zu schüren. Sie warfen sich kleine Bosheiten an den Kopf, wenn sie sich im Bad oder bei einer Familienfeier trafen. Aber niemand hätte je gedacht, daß diese beiden Familien sich eines Tages durch eine Heirat verbinden würden. Mein Vater zögerte. Er ahnte wohl, daß Ahmed einen Hintergedanken haben mußte. Im übrigen verunsicherte ihn die Persönlichkeit seines Neffen, den er sehr selten sah. Ihm kamen wirre Vorstellungen über diesen Menschen, dann wieder verargte er sich seine bösen Gedanken; er sprach ein Gebet und bat Gott, ihm Gerechtigkeit widerfahren zu lassen. Sein ganzes Leben lang hatte er mit dieser Erbschaft gerechnet. Bei Ahmeds Geburt hatte er diese Hoffnung begraben und sich als Opfer einer ungerechten Bestimmung oder eines ränkeschmiedenden Schicksals gefühlt. Zuerst weigerte er sich, seine Tochter zu verheiraten, dann kam ihm der Gedanke, mit Fatima darüber zu sprechen. Sie wollte heiraten. Schließlich willigten wir ein. Ahmed stellte seine Bedingungen. Die beiden Familien sollten sich heraushalten, er würde mit seiner Gattin allein leben. Sie dürfe das Haus nur verlassen, um ins Bad oder ins Krankenhaus zu gehen. Er erwog, sie von berühmten Ärzten untersuchen zu lassen, sie zu heilen, ihr eine Chance zu geben. Er sprach mit verschleierten Zügen und entschlossener Stimme. Er sagte Dinge, die wir überhaupt nicht verstehen konnten, philosophische Überlegungen, unzusammenhängende Gedanken. Ich erinnere mich gut daran, denn der Schluß seiner Rede hatte mich beschäftigt und sogar mit Unbehagen erfüllt: Er sagte: ‹Als einziger Passagier des Absoluten schnalle ich mich in diesem dichten Lügenwald an meine äußere Haut an. Ich stehe hinter einem Glas oder Kristallgemäuer und beobachte die Hände der einen und anderen. Sie sind klein und von der Schwerkraft zur Erde gebeugt. Schon seit langer Zeit lache ich über mich selbst und den anderen, jenen, der zu euch spricht, jenen, den ihr zu sehen und zu hören glaubt. Nicht Liebe bin ich, sondern unbezwingbare Festung, zerfallende Fata Morgana. Ich rede mit mir selbst und laufe Gefahr, euch im Strauchwerk gestammelter Worte in die Irre zu leiten... Ihr werdet von mir hören, genau an meinem Todestag, es wird ein sonniger Glückstag sein, ein Tag, an dem der Vogel in mir singen wird...› Wir sagten uns, daß er phantasierte, daß das viele Lesen ihn in Wahnfieber versetzt habe. Er redete ununterbrochen, sagte unhörbare Worte, steckte den Kopf unter seine Djellaba, als bete er oder verrate ein Geheimnis an einen Unsichtbaren. Die Fortsetzung, Freunde, könnt ihr nicht erraten. Unser Erzähler tut so, als lese er in einem von Ahmed hinterlassenen Buch. Nun, das stimmt nicht! Sicher, es gibt ein solches Buch. Es ist nicht jenes alte, von der Sonne verblichene Heft, das unser Erzähler mit einem schmutzigen Tuch bedeckt hält. Das ist übrigens kein Heft, sondern eine sehr billige Ausgabe des Koran. Merkwürdig, er blickte auf die Suren und las das Tagebuch eines Irren, der seinen eigenen Wahnvorstellungen zum Opfer gefallen war. Bravo! Welcher Mut, welche Verkehrung! Ahmeds Tagebuch hingegen besitze ich; das ist kein Wunder, denn ich habe es einen Tag nach seinem Tod gestohlen. Hier ist es, in eine Zeitung von damals gepackt, ihr könnt das Datum sehen... Stimmt es etwa nicht mit dem seines Todes überein? Unser Erzähler versteht sein Geschäft? Was er uns vorgelesen hat, verdiente, in diesem Heft zu stehen.

Gefährten! Verlaßt mich nicht! Wartet, hört mir zu, ich stamme aus dieser Geschichte, ich steige auf die Holzleiter hier, geduldet euch, wartet, bis ich mich oben auf der Terrasse eingerichtet habe, ich klettere an den Hausmauern hoch, ich setze mich oben auf der makellos weißen Terrasse auf eine Matte und schlage das Buch auf, um euch die seltsame und schöne Geschichte von Fatima zu erzählen, der die Gnade zuteil wird, und von Ahmed, der sich in die Dämpfe des Bösen zurückzieht, die Geschichte der Tugend, deren Herz von vielen vergifteten Pfeilen durchbohrt wurde. Gefährten, tretet näher, nicht so eilig, versetzt unserem Erzähler keine Fußtritte, laßt ihn ziehen, steigt auf die Leitern und gebt acht auf den starken Wind, steht auf, klettert auf die Umgehungsmauern, spitzt die Ohren, öffnet die Augen und laßt uns gemeinsam aufbrechen, nicht auf einem Teppich oder einer Wolke, sondern auf einem Lager von Sätzen und Worten voll Farbe und Musik. Diesen Gesang, den ihr da hört, liebte Ahmed besonders. Er kommt von weit her, von Süden über die hohen Berge. Er ist traurig. Als hebe die Erde ihre dicken Steine einen nach dem andern hoch und ließe uns das verwundete Raunen eines getretenen Körpers hören. Ihr seid still, und eure Gesichter sind ernst. Ach, dahinten sehe ich unseren alten Erzähler zurückkommen. Er setzt sich zu uns. Ja, willkommen! Ich setze deine Erzählung nur fort. Vielleicht habe ich dich verdrängt. Entschuldige meine Ungeduld. Es ist der Gesang, der dich zurückbringt. Er bringt uns alle zur Erde zurück. Tritt näher; komm näher zu mir. Du kannst in diese Geschichte eingreifen. Jetzt werde ich Ahmeds Tagebuch vortragen, das mit folgender Inschrift beginnt oder fortfährt, ich weiß es nicht mehr: ‹Die Tage sind Steine, sie häufen sich ...›

Es ist die Beichte eines verwundeten Mannes; er bezieht sich auf einen griechischen Dichter.»

Das vermauerte Tor

Zwei alte, dürre, graue Frauen mit unheilverkündendem Blick und abgemessenen, jähen Bewegungen begleiteten Fatima. Ohne viel Aufhebens, ohne jegliche Festlichkeiten sollten sie jene bei mir abliefern, der ich die Rolle der Ehe- und Hausfrau zugedacht hatte. Sie war in eine weiße Djellaba gehüllt und hielt die Lider gesenkt; und selbst wenn sie gewagt hätte, den Blick zu heben, hätten die beiden Frauen sie davon abgehalten. Das nennt man Sittsamkeit! Dem Mann nicht Auge in Auge gegenüberstehen; seinen Blick nicht erwidern aus Unterwürfigkeit, aus Pflichtgefühl, nur selten aus Hochachtung oder einem Überschwang an Gefühlen. Die beiden Frauen hielten sie jeweils an einem Arm fest, zerrten an ihr und taten ihr weh. Sie beschleunigten das Tempo und zwangen ihr einen schnellen, entschlossenen Schritt auf. Aber sie war zu gar nichts entschlossen. Sie konnte nicht einmal von Liebe träumen. Sie wollte sich nicht solchen Illusionen hingeben. Ihr Körper verriet sie, ließ sie trotz all ihrer Jugend im Stich. Die Dämonen aus dem Jenseits besuchten sie öfter, drangen in ihr Blut, versetzten es in Unruhe, ließen es zu schnell oder zu unregelmäßig fließen. Ihr Blut brachte ihre Atmung durcheinander, sie stürzte und fiel in Ohnmacht. Ihr Körper entfernte sich, weitab von ihrem Bewußtsein. Er verfiel in unkontrollierte Bewegungen, schlug um sich, kämpfte gegen den Wind, gegen die Dämonen. Man ließ sie allein beim Lösen all dieser Knoten. Ihr Körper kehrte langsam wieder zu ihr zurück, nahm erschöpft, geschlagen, schmerzend seinen Platz wieder ein. Sie blieb auf der bloßen Erde liegen und ruhte sich aus. Sie dankte Gott, daß er sie wieder befähigt hatte, normal zu atmen, sich aufzurichten und in die Straße zu laufen. Alle Familienmitglieder hatten sich daran gewöhnt, sie mit dem Kopf gegen unsichtbare Mauern anrennen zu sehen. Niemand war davon betroffen oder beunruhigte sich. Man sagte höchstens: «Sieh an! Dieser Anfall ist heftiger als der letzte Woche... Es muß die Hitze sein!...» Sie verbrachte ihren Anfall mit sich allein und alles war am rechten Platz. Ihre Schwestern und Brüder waren am rechten Platz, zukunftsfroh, glücklich beim Pläneschmieden, etwas gereizt, weil sie nicht genug Geld hatten, um mehr in Gesellschaft aufzutreten, etwas befremdet darüber, daß ihre Schwester dieser harmonischen Landschaft einen falschen Ton gab. Auch Fatima hatte schließlich ihren Platz gefunden: eine karge Kammer neben der Terrasse. Oft vergaß die Familie, daß es sie gab. Ich hatte sie zwei- oder dreimal in Tränen aufgelöst überrascht, einfach so, um zu vergessen oder die Zeit zu vertreiben. Sie langweilte sich sehr, und da niemand in der Familie ihr Zärtlichkeit entgegenbrachte, versank sie in eine klägliche Melancholie, die ihr ganzes Wesen umfaßte. Sie war ein kleines, aufgeopfertes und unendlich müdes Ding, durch Irrtum oder Fluch abgeschoben auf die tagtägliche Monotonie eines engen Lebens. Abgeschoben oder liegengelassen auf einem verlassenen Tisch in einer Hofecke, in der Katzen und Fliegen gerne kreisen.

War sie schön? Das frage ich mich heute noch. Zugegeben, in ihr Gesicht hatte sich durch die häufigen und immer heftigeren Anfälle frühzeitig Falten gegraben. Die Züge dieses oft verkrampften Gesichts hatten wenig von ihrer Feinheit bewahrt. Wenn sie nicht tränenfeucht waren, verliehen die hellen Augen ihrem Blick ein sanftes Licht. Sie hatte eine kleine Nase. Ihre Wangen waren mit ewigen Jugendpickeln übersät. Was ich nicht lieben konnte, war ihr Mund, der sich während der Anfälle verzerrte und immer ein krampfhaftes Grinsen zeigte wie ein riesiges Fragezeichen auf einem weißen Blatt. Trotz ihres schmächtigen rechten Beins war ihr Körper fest. Fest und hart. Ihre Brüste waren klein, mit einigen Haaren um die Brustwarzen. Wenn ich sie in die Arme nahm, um sie in ihrer Not zu trösten, nicht um eine wie auch immer geartete sexuelle Begierde auszudrücken, spürte ich, daß dieser Körper zusammengeschrumpft war zu einem kämpfenden Knochengerüst, das sich gegen Gespenster oder die Fangarme einer unsichtbaren Krake zur Wehr setzte. Er fühlte sich warm an, heiß, fiebrig, zum Sieg entschlossen, um überleben, normal atmen, laufen und tanzen, schwimmen und sich wie ein kleiner Stern auf den Schaum der hohen, schönen Wellen schwingen zu können. Ich spürte, wie er mit den zur Verfügung stehenden Mitteln – den Nerven und dem Blut – gegen den Tod ankämpfte. Sie hatte oft Blutungen. Sie sagte, ihr Blut zürne und sie sei nicht würdig, es bei sich zu behalten und etwas Gutes daraus zu machen. Sie wollte keine Kinder, auch wenn ihre nächtlichen Träume von Kinderscharen bevölkert waren. Sie schlief an meiner Seite, an meinen Arm geklammert, Daumen lutschend, mit entspanntem, ruhigem Körper.

Sie war es, die mir am Tage ihrer Ankunft im Vertrauen ins Ohr flüsterte: «Danke, daß du mich aus dem anderen Haus herausgeholt hast. Wir werden Schwester und Bruder sein. Du besitzt meine Seele und mein Herz, doch mein Körper gehört der Erde und dem Teufel, der ihn verwüstet hat! ...» Sie schlief sofort danach ein, und ich blieb allein zurück, nachdenkend über diese zu Beginn der Nacht gestammelten Worte. Ich begann, an mir selbst und meiner Erscheinung zu zweifeln. Wußte sie Bescheid? Wollte sie meiner im Kopf vorbereiteten Rede zuvorkommen, mit der ich sie warnen wollte, ohne meine Geheimnisse zu enthüllen? Seltsam! Schließlich kam ich einfach zu der Überzeugung, daß sie in sich seit langem jede Sexualität ausgelöscht und in diese Heirat aus der Überzeugung heraus eingewilligt hatte, daß ich nicht aus Liebe um ihre Hand angehalten hatte, sondern aus gesellschaftlichen Gründen, um ein Gebrechen oder eine Perversion zu vertuschen. Sie nahm wohl an, ich sei ein Homosexueller, der eine Fassade brauchte, um die bösen Zungen zum Schweigen zu bringen, oder ein Impotenter, der den Schein wahren wollte! Ich hätte mein Leben so beim Spiel mit dem Schein verbringen mögen, aller Schein, selbst der, der vielleicht der Wahrheit entsprach, versah mich mit einem wahren, nackten, unmaskierten, unverkleisterten, unverschleierten Gesicht, einem offenen und einfach banalen Gesicht, das nichts Außergewöhnliches von den anderen unterschied.

Ich war nicht unzufrieden und fand, meine Verwegenheit zahle sich aus. Ich ließ ihr ein Bett gegenüber dem meinem richten und kümmerte mich, so sehr ich konnte, um sie. Sie entkleidete sich nie vor meinen Augen. Ich mich auch nicht vor ihr. In unserem großen Schlafzimmer herrschten Schamhaftigkeit und Keuschheit. Eines Tages versuchte ich, während sie schlief, festzustellen, ob ihre Schamlippen beschnitten oder vernäht waren! Ich hob langsam die Laken und entdeckte, daß sie um das Becken eine Art starkes Korsett trug, wie ein gepanzerter Keuschheitsgürtel, der die Begierde entmutigt oder aber entfacht, um sie dann um so endgültiger zu brechen. Die Anwesenheit Fatimas wühlte mich sehr auf. Anfangs gefiel mir die Schwierigkeit und Vielschichtigkeit der Situation. Dann verlor ich langsam die Geduld. Ich war nicht mehr Herr meiner Welt und meiner Einsamkeit. Dieses verwundete Wesen an meiner Seite, dieser Eindringling, den ich selbst in meinen Geheimnissen und meinem Privatleben untergebracht hatte, diese mutige, verzweifelte Frau, die keine Frau mehr war und einen schwierigen Weg hinter sich hatte, die bereit gewesen war, sich in einen Abgrund zu stürzen und dabei ihr Innerstes zu verunstalten, zu maskieren, zu amputieren, diese Frau, die nicht einmal ein Mensch zu sein beanspruchte, sondern die gar nichts, ein hohles Gefäß, eine Abwesenheit, ein ganz über ihren Körper und ihr Gedächtnis ausgebreiteter Schmerz sein wollte, diese Frau, die fast nie sprach, von Zeit zu Zeit einen oder zwei Sätze murmelte, sich in langes Schweigen hüllte, mystische Bücher las und völlig geräuschlos schlief, diese Frau raubte mir den Schlaf. Manchmal, wenn sie schlief, betrachtete ich sie lange, starrte sie an, bis ihre Gesichtszüge vor mir verschwammen und ich in ihre innersten Gedanken eindrang, die in einem Brunnen der Finsternis verborgen lagen. Ich phantasierte schweigend, und ich konnte ihre Gedanken einholen und sogar erkennen, als hätte ich sie selbst ausgedrückt. Das war mein Spiegel, meine Zwangsvorstellung und meine Schwäche. Ich hörte ihre Schritte, wie sie sich am Ende der Nacht langsam auf einem alten knarrenden Fußboden fortbewegten. Es war eigentlich kein Fußboden, sondern ich stellte mir das Geräusch vor, und das Geräusch zeichnete einen Fußboden, und der alte Holzfußboden breitete sich vor mir aus, das Holz stammte aus einem zerfallenen, von eiligen Reisenden verlassenen Haus, es war ein alter Kasten im Wald, umstanden von Eichen, die die Zeit verwittert hatte; ich stieg auf einen der wenigen stabilen Äste und überblickte den Kasten mit seinem durchlöcherten Dach, die Löcher ließen das Licht und meinen Blick ein, der den Fußspuren im Staub bis in den Keller folgte, wo Ratten glücklich lebten und andere Kreaturen mit mir unbekannten Namen; in diesem Keller, einer vorgeschichtlichen Grotte lagerten die Gedanken jener Frau, die mit mir im selben Zimmer schlief und die ich in einem Sturm von Gefühlen mitleidig, zärtlich und zornig betrachtete, der mich fast um den Verstand und die Fassung brachte, mich meinem Schicksal und meinen Plänen immer mehr entfremdete. Diese wenn auch stumme Anwesenheit, dieses bald leichte, bald schwere Gesicht, dieser schwerfällige Atem, dieses fast reglose Ding, dieser verschlossene Blick, dieser verschnürte Unterleib, dieses abwesende, verleugnete, verweigerte Geschlecht, dieses Wesen lebte nur, um während der Epilepsieanfälle in Wutausbrüche zu verfallen, das zarte, undeutliche Gesicht des Todes mit Fingerspitzen zu berühren und anschließend in seine

Grotte zu seinen Gedanken zurückzukehren, die weder traurig noch froh, sondern als Fetzen in einen Jutesack verpackt waren; die Ratten hatten versucht, sie zu fressen, aber sie hatten es aufgeben müssen, denn die Gedanken waren mit etwas Giftigem getränkt, das sie beschützte und unversehrt hielt.

Sie schlief viel und schloß sich nach dem Aufstehen lange in die Waschkammer ein, gab dem Dienstmädchen einige Anweisungen und zog sich wieder zurück. Sie mischte sich nie unter meine Schwestern, nahm keine einzige Einladung an, und abends, wenn ich nach Hause kam, murmelte sie Dankesworte, als schulde sie mir etwas.

Meine Schwestern haben den Sinn dieser Heirat nie verstanden. Meine Mutter wagte nicht, mit mir darüber zu sprechen. Ich wiederum kümmerte mich soviel wie möglich um die Geschäfte, die mein Vater in ziemlich schlechtem Zustand hinterlassen hatte.

Nach und nach überkamen mich Skrupel und Schlaflosigkeit. Ich wollte Fatima loswerden, ohne ihr weh zu tun. Ich brachte sie in einem Zimmer weitab von meinem unter und begann sie allmählich zu hassen. Der Prozeß, den ich vorbereitet und ausgelöst hatte, war gescheitert. Aufgrund ihrer Behinderung hatte sich diese Frau als stärker, härter und unbeugsamer erwiesen als je vorhergesehen. Eigentlich wollte ich sie benutzen, um meine gesellschaftliche Erscheinung zu vervollkommnen, aber letztlich machte sie viel besseren Gebrauch von mir, und fast hätte sie mich in ihre abgrundtiefe Verzweiflung mitgerissen.

Ich schreibe das und bin mir der Worte nicht sicher, denn die volle Wahrheit kenne ich nicht. Diese Frau war von besonderer Klugheit. All die Sätze, die sie verschwieg, all die Worte, die sie bei sich behielt, sammelten sich in ihrer unerschütterlichen Überzeugung und bestärkten sie in ihren Plänen und Vorhaben. Sie hatte schon mit dem Leben abgeschlossen und ging sicheren Schrittes auf das Hinscheiden, das langsame Verlöschen zu. Kein brutaler Tod, sondern ein Zurückweichen hin zum klaffenden Graben hinter dem Horizont. Sie nahm ihre Medikamente nicht mehr, aß wenig, sprach fast gar nicht. Sie wollte sterben und mich in ihrem Sturz mitreißen. Nachts drang sie in mein Zimmer ein und krallte sich genau vor dem Anfall am Bett fest. Sie zog mich am Arm, bis ich an ihre Seite fiel oder sie zur Austreibung der in ihr wütenden Dämonen mit aller Kraft würgte. Jedesmal dauerte es etwas länger. Ich wußte nicht mehr, wie ich mich verhalten und diese unangenehmen Szenen verhindern sollte. Sie sagte mir, ich sei ihre einzige Stütze, das einzige Wesen, das sie liebe, sie verlangte bei jedem ihrer Stürze nach meiner Gesellschaft. Ich begriff nicht, bis sie einmal in mein Bett glitt während ich schlief und sanft meinen Unterleib zu streicheln anfing. Ich fuhr aus dem Schlaf hoch und stieß sie heftig zurück. Ich war wütend. Sie lächelte zum erstenmal, aber dieses Lächeln beruhigte mich keineswegs. Ich ertrug sie nicht. Ich wünschte ihr den Tod. Ich verargte ihr, daß sie ein Krüppel, eine Frau und bei mir war, durch meine Willkür, meine Bosheit, meine Berechnung und meinen Selbsthaß.

Eines Abends, ihre Augen waren bereits auf die Falltür zur Finsternis geheftet, ihr Gesicht war friedlich, aber sehr blaß, ihr schmächtiger Körper lag zusammengekrümmt in einer Bettecke, ihre Hände waren kalt und sanfter als sonst, sagte sie mit einem kleinen Lächeln: «Ich habe immer schon gewußt, wer du bist, deshalb, meine Schwester, meine Base, bin ich zum Sterben hierher zu dir gekommen. Wir sind beide über den Rand des trockenen Brunnens gebeugt geboren, auf unfruchtbarem Boden, umgeben von lieblosen Blicken. Wir sind Frauen, noch bevor wir Krüppel sind, oder vielleicht sind wir auch Krüppel, weil wir Frauen sind..., ich kenne unsere Wunde... Sie ist uns gemein... Ich gehe weg... Ich bin deine Frau und du bist meine Gattin... Du wirst Witwer sein und ich... nehmen wir an, ich sei ein Irrtum gewesen... kein sehr großer, nur eine kleine, zum Stillstand gebrachte Irrfahrt… Oh, ich rede zuviel… ich verliere den Kopf! Gute Nacht… Bis demnächst! …»

Viel später wird eine Stimme aus dem Abseits sagen: «Verzehre mich, nimm meine Mißbildung auf in deinen barmherzigen Schlund.»

So wurde er Witwer. Freunde! Dieser Abschnitt seines Lebens war mühselig, wirr und unverständlich.

– Warum denn! Das ist doch alles ganz logisch! widersprach ein Zuhörer. Er hat diesen armen Krüppel benutzt, um sich abzusichern und sein Bild in der Öffentlichkeit zu festigen. Das erinnert mich an eine andere Geschichte, die sich Ende des letzten Jahrhunderts im Süden des Landes abgespielt hat. Erlaubt mir, sie euch kurz zu erzählen: Es ist die Geschichte jenes furchterregenden Kriegsherrn, der sich Antar nannte, er war ein erbarmungsloser Befehlshaber, eine Bestie, ein Gewaltherrscher, dessen Ruf über Stämme und Grenzen hinausging. Er befehligte seine Männer ohne zu schreien, ohne sich zu erregen. Mit seinem im Gegensatz zu seinen Worten zarten Stimmchen erteilte er Befehle und stieß nie auf Ungehorsam. Er hatte seine eigene Armee und widersetzte sich den Besatzern, ohne je die zentrale Macht in Frage zu stellen. Er war gefürchtet und geachtet, duldete weder Schwäche noch Versagen bei seinen Männern, machte Jagd auf jene, die bestachen, und strafte die Bestochenen, übte persönliche, nie willkürliche Macht und Justiz aus, ging bis ans Ende seiner Überzeugungen und seiner Unbeugsamkeit, kurz, er war ein beispielhafter Mensch mit legendärem Mut, dieser Mann, dieser verschlossene Antar, der neben seinem Gewehr schlief. An seinem Todestag entdeckte man, daß die Gewaltherrschaft, diese Stärke einen Frauenkörper bewohnt hatten. Man errichtete ein Mausoleum an seiner Todesstätte; heute ist er ein Heiliger oder eine Heilige; er ist der Marabut der Irrfahrt, den die Flüchtigen verehren, jene, die vom Zweifel zernagt auf der Suche nach dem inneren Gesicht der Wahrheit von zu Hause aufbrechen…

In diesem Moment griff der Erzähler ein und sagte lächelnd: Ja, Freund. Ich kenne diese Geschichte auch. Sie spielte sich vor vielleicht hundert Jahren ab. Es handelt sich um den ‹einsamen Führer›, der alle, die in seine Nähe kamen, in seinen Bann zog. Manchmal trat er verschleiert auf; seine Truppen dachten, er wolle sie überraschen; in Wirklichkeit schenkte er seine Nächte einem jungen Mann von rauher Schönheit, einem Wegelagerer, der zu seiner Verteidigung oder zum Morden stets einen Dolch bei sich trug. Er lebte in einer Grotte und verbrachte seine Zeit mit Kifrauchen und Warten auf die Schöne der Nacht. Natürlich hat er nie gewußt, daß diese Frau nur unter seinem Körper, in seinen Armen Frau war. Sie bot ihm Geld an. Er schlug es aus; sie gab ihm Orte zum Einbrechen an und garantierte ihm größtmögliche Sicherheit, um dann zu verschwinden und in einer sternlosen Nacht überraschend wieder aufzutauchen. Sie sprachen kaum miteinander, vermischten ihre Körper und bewahrten ihre Seelen. Es heißt, sie hätten sich eines Nachts geschlagen, weil sie beim Liebesspiel die Oberhand gewann, ihn flach auf den Bauch warf und vorgab, ihn von hinten zu nehmen. Er brüllte vor Empörung und Wut, aber sie überwältigte ihn unter Anspannung all ihrer Kräfte und hielt ihn fest, indem sie sein Gesicht in die Erde drückte. Als er sich endlich freimachen konnte, griff er nach seinem Dolch, aber sie war schneller, stürzte sich auf ihn und warf ihn um; beim Sturz verletzte ihn die Waffe am Arm; er fing an zu weinen, sie spie ihm ins Gesicht, versetzte ihm einen Fußtritt in die Eier und ging. Es war vorbei. Sie kam nie wieder zu ihm, und der verwundete Räuber verfiel dem Wahnsinn, verließ seine Grotte und lungerte krank vor Liebe und Haß an den Moscheeingängen herum. Wahrscheinlich verlor er sich in der Menge oder wurde von der bebenden Erde verschluckt. Was unsern Anführer angeht, so starb er in jungen Jahren, ohne je krank zu sein, im Schlaf. Als man ihn entkleidete, um ihn zu waschen und mit dem Leichentuch zu bedecken, stellte man, wie ihr euch vorstellen könnt, verblüfft fest, daß es sich um eine Frau handelte, deren Schönheit plötzlich als Wesen dieser versteckten Wahrheit erschien, wie ein Rätsel, das zwischen Finsternis und blendender Helligkeit irrlichtert.

Diese Geschichte sprach sich im Land und in der Zeit herum. Sie erreicht uns heute in etwas veränderter Form. Ist das nicht das Schicksal von Geschichten, die sich aus Bergquellen speisen und mit ihren Wassern fließen? Sie leben länger als die Menschen und verschönern die Tage.

– Aber was ist nach Fatimas Tod aus unserem Helden geworden? rief eine Stimme.

Er wurde traurig, trauriger noch als vorher, denn sein ganzes Leben wurde durch seine ständigen Häutungen und das Auftragen einer Maske nach der anderen spröde wie aufgeplatzte Haut. Er zog sich in sein Zimmer zurück, übergab die Geschäfte einem engen Freund der Familie und begann wirre und unleserliche Dinge zu schreiben. Zu diesem Zeitpunkt erhielt er wieder Briefe von dem unbekannten Schreiber. Hier habe ich diese Briefe in derselben feinen, sorgfältigen, geheimnisvollen Schrift. Diese ferne, nie benannte Stimme verhalf ihm, zu überleben und über seinen Zustand nachzudenken. Er unterhielt eine enge Beziehung zu seinem Brieffreund; endlich konnte er sprechen, in seiner Wahrheit sein, ohne Maske, in Freiheit, wenn auch begrenzter und überwachter, voll Freude leben, wenn auch innerer und stiller. Hier der Brief, den er nach Fatimas Tod erhielt:

«*Donnerstag, den 8. April.* Freund, ich weiß, ich fühle die Wunde, die Sie in sich tragen, und ich kenne die Trauer Ihrer Tage lange vor dem Tod dieses bedauernswerten Mädchens. Sie glaubten sich fähig zu jeder Art von Grausamkeit, einschließlich jener, die Ihren Körper zerfetzt und Ihre Tage überschattet. Aus Dünkel oder Ehrgeiz haben Sie sich das Unglück ins Haus geholt und daraus nicht ein Vergnügen, sondern ein gefährliches Spiel gemacht, bei dem die Haut einer Ihrer Masken verlorenging. Sie wollten diese Bindung nicht aus Mitleid, sondern aus Rachsucht. Da haben Sie einen Fehler gemacht, und Ihre Intelligenz ist abgesunken in die unwürdigen Machenschaften Ihres Ehrgeizes. Lassen Sie mich Ihnen offen und freundschaftlich meine Meinung sagen: Diese Situation wäre für jedermann zu hart gewesen, aber ich dachte, für Sie wäre sie es nicht. Das Mädchen war eine Ertrinkende und hatte seinen Abstieg schon seit sehr langer Zeit angetreten. Sie sind zu spät gekommen. Was hilft es Ihnen jetzt, sich in dieses Zimmer voller Bücher und Kerzen zurückzuziehen? Warum gehen Sie nicht hinunter in die Straße und lassen die Masken und die Angst hinter sich? Ich sage Ihnen das und weiß, daß Sie leiden. Ich, der ich Sie seit langem kenne und beobachte, habe gelernt, in Ihrem Herzen zu lesen, und Ihre Melancholie trifft mich trotz der Entfernung zwischen uns und der Unmöglichkeit, uns zu begegnen. Was werden Sie jetzt unternehmen? Sie wissen, wie ungerecht unsere Gesellschaft mit Frauen umgeht, wie sehr unsere Religion den Mann begünstigt. Sie wissen, daß man Macht benötigt für ein Leben nach eigener Wahl und eigenen Wünschen. Sie haben an den Privilegien Geschmack gefunden, und Sie haben, vielleicht ohne es zu wollen, Ihre Schwestern übersehen, verachtet. Diese Frauen hassen Sie und warten nur auf ihren Abgang. Sie haben es versäumt, Ihrer Mutter, einer guten Frau, die ihr ganzes Leben nur gehorcht hat, Liebe und Achtung zu bezeugen. Sie wartet unermüdlich auf Sie und hofft auf Ihre Rückkehr, Rückkehr an ihre Brust, zu ihrer Liebe. Seit dem Tod ihres Ehemanns haben Irrsinn und Schweigen sie verwüstet, und Sie, Sie haben sie vergessen und fallenlassen; sie stirbt daran, sie verliert Hören und Sehen. Sie erwartet Sie.

Auch ich erwarte Sie, aber ich habe mehr Geduld. Ich trage in mir genügend Vorrat an Liebe für Sie und Ihr Schicksal... Auf sehr bald, Freund!»

Dieser Brief verstörte ihn. Er fühlte sich gerichtet und streng kritisiert. Er war versucht, den Briefwechsel abzubrechen, doch das Verlangen, zu verstehen und zu erklären, was in ihm vorging, war stärker als das Schweigen und der Dünkel.

«*Samstagnacht.* Ihr letzter Brief hat mich mit Unbehagen erfüllt. Ich habe lange gezögert, ihn zu beantworten. Nun müssen Sie wohl oder übel mehr als der Vertraute, der Zeuge meiner Einsamkeit sein. Sie ist meine Wahl und mein Reich. Ich lebe in ihr, wie eine Wunde im Körper nistet und jede Vernarbung abwehrt. Ich sage, ich lebe in ihr, aber wenn ich darüber nachdenke, so ist es eher die Einsamkeit mit ihren Schrecken, ihrem lastenden Schweigen und ihrer eindringenden Leere, die mich zu ihrem Reich erwählt hat, zu ihrer friedlichen Bleibe, in der das Glück den Geschmack des Todes annimmt. Ich weiß, daß ich dort ohne jede Hoffnung leben muß; die Zeit wandelt und festigt diese Verpflichtung. Ich möchte Ihnen klarmachen, daß diese Frage den Begriff der Pflicht und die Stimmungen der Seele übersteigt. Sie werden das vielleicht eines Tages verstehen, falls unsere Gesichter sich treffen.

Seit ich mich in diese Kammer zurückgezogen habe, laufe ich unaufhörlich über Wüstensand und sehe keinen Ausgang; der Horizont ist eine ferne, blaue, sich unaufhörlich verschiebende Linie, und ich träume davon, diese blaue Linie zu überschreiten, um ziellos in einer Steppe umherzuwandern, ohne an eine mögliche Zukunft zu denken... Beim Gehen streife ich allen Ballast ab, reinige mich, entledige mich eines Problems, das mich verfolgt und über das ich nie spreche: die Lust. Ich bin es leid, ihre

Andeutungen in meinem Körper zu tragen, ohne sie entweder abdrängen oder mir aneignen zu können. Ich werde in tiefer Seele untröstlich bleiben mit einem Gesicht, das nicht mir gehört, und einer Lust, die ich nicht benennen kann.

Schließlich möchte ich Ihnen sagen, warum mich Ihr Brief entmutigt hat: Sie geben sich mit einem Mal moralisch. Wie Sie wissen, hasse ich die Psychologie und alles, was Schuldgefühle nährt. Ich dachte, der islamische Fatalismus – wenn es ihn gibt – erspare uns dieses kleinliche, armselige und übelriechende Gefühl. Wenn ich Ihnen schreibe, wenn ich mich darauf eingelassen habe, mit Ihnen einen brieflichen Dialog zu führen, so ganz sicher nicht, um der gesellschaftlichen Moral auf die Sprünge zu helfen. Die große, die gewaltige Prüfung, die ich lebe, hat nur Sinn außerhalb dieser kleinen psychologischen Schemata, die zu wissen und zu erklären beanspruchen, warum eine Frau eine Frau und ein Mann ein Mann ist. Sie sollten wissen, mein Freund, daß ich die Familie, so wie sie in unseren Ländern existiert, mit dem allmächtigen Vater und den Frauen – gehalten wie Dienstboten –, die nur über das wenige an Macht verfügen, das ihnen der Hausvater überläßt, daß ich diese Familie verwerfe, in den Nebel verweise und nicht länger anerkenne.

Ich halte hier ein, denn ich fühle Zorn in mir aufsteigen, und ich kann mir den Luxus nicht erlauben, in der gleichen Verletzung das Elend zu empfangen, das mich am Leben erhält, und den Zorn, der alle meine Gedanken verdirbt. Denn ich habe ein Ziel, selbst wenn sich dieses Ziel in die Wüste oder mitten in die Steppe verirrt hat. Ich lasse Sie jetzt allein und wende mich wieder meinen Büchern zu. Vielleicht werde ich morgen das Fenster öffnen. Auf sehr bald, Freund meiner Einsamkeit!»

Freunde, hier schlage ich das Buch zu, öffne mein Herz und rufe meine Vernunft an: In dieser Zeit der Abgeschiedenheit sah man ihn nicht mehr. Er hatte sich in die Dachkammer eingeschlossen, und seine Verbindung zur Außenwelt waren kleine, oft unleserliche oder seltsame Zettel. Seine Mutter konnte nicht lesen. Sie wollte dieses Spiel nicht mitmachen und warf die Zettel weg. Er schrieb nur selten an seine Schwestern, von denen drei das große Haus nicht mehr bewohnten. Sie hatten geheiratet und kamen nur selten ihre kranke Mutter besuchen. Ahmed regierte sein Reich unsichtbar und abwesend. Im Haus spürte man seine Anwesenheit und fürchtete sie. Aus Angst, ihn zu stören, senkten alle die Stimme. Er war da oben, ging nicht mehr aus, und nur die alte Magd Malika, die seine Geburt erlebt hatte und für die er etwas Zärtlichkeit empfand, konnte es sich herausnehmen, seine Tür aufzustoßen und sich um ihn zu kümmern. Sie brachte ihm Essen – sie besorgte ihm sogar heimlich Wein und Kif –, säuberte sein Zimmer und das kleine angrenzende Waschstübchen. Sobald sie eintrat, bedeckte er sich von oben bis unten mit einem Laken und setzte sich auf dem winzigen Balkon mit Blick auf die Altstadt auf einen Stuhl. Beim Weggehen versteckte sie die leeren Weinflaschen in einer Tasche und stammelte einige Gebete, etwa: «Allah schütze uns vor Unglück und Irrsinn!» oder: «Allah führe ihn zurück zu Leben und Licht!» So pflegte er seine Macht als unsichtbares Wesen. Niemand verstand den Sinn dieser Zurückgezogenheit. Die Mutter, die ihre Bedeutung erahnen mochte, war mit ihrem kranken Körper und ihrem schwindenden Verstand beschäftigt. Er verbrachte seine Zeit damit, sich den Bart zu rasieren und die Beine zu enthaaren. Er hoffte nun auf eine radikale Wendung seines mehr oder weniger selbstgeschmiedeten Schicksals. Dafür brauchte er Zeit, viel Zeit, und außerdem einen fremden Blick auf sein Gesicht und seinen Körper, die im Wandel begriffen waren oder besser in der Rückkehr zum

Ursprung, zu den Gesetzen der Natur. Trotz seiner Gereiztheit korrespondierte er weiterhin mit dem unbekannten Brieffreund. Erlaubt, liebe Gefährten, daß ich erneut das Buch aufschlage und euch vorlese.

«*Dienstag, den 13. April.* Nie wieder, Freund, werde ich Ihnen gegenüber Fragen ansprechen, die sich auf Ihre Familie beziehen. Sollte es mir an Diskretion gemangelt haben, so ist das einem quälenden und verwirrenden Überschwang an Gefühlen zu verdanken. Warum habe ich mich auf diesen Briefwechsel eingelassen, in dem jeder ausgetauschte Satz unser Labyrinth nur noch komplizierter macht, in dem wir uns mit verbundenen Augen vorwärtstasten, auf die Gefahr hin, nie aufeinanderzutreffen?

Ich bin seit jeher ein von Eingebungen geleitetes Wesen. Bei der Verfolgung Ihrer Spur hat mich dieses starke und undefinierbare Gefühl geleitet. Ich habe Sie von weitem beobachtet und wurde – körperlich – von den Wellen berührt, die Ihr Wesen ausstrahlt. Vielleicht glauben Sie nicht an diese Art der Kommunikation, aber ich habe sofort gewußt, daß ich es mit einer außerordentlichen, aus ihrem eigentlichen Wesen, aus ihrem Körper herausversetzten Persönlichkeit zu tun hatte. Ich habe im körperlichen Sinn gespürt, daß Sie kein Mann wie die anderen waren. Meine Neugier wurde zur Leidenschaft. Meine Eingebung lastete auf mir, trieb mich immer weiter in meiner Suche und Annäherung. Ich habe viele unabgesandte Briefe geschrieben. Jedesmal zögerte ich und fragte mich, mit welchem Recht ich Sie mit meinen Fragen verfolgte und warum ich so versessen darauf war, Ihrem Gesicht die ursprüngliche Zeichnung und die ursprünglichen Züge wiederzugeben.

Wie hätte ich Sie anders ansprechen können, denn was ich Ihnen zu sagen hatte, sagt man in unserer Gesellschaft nicht und erst recht nicht öffentlich. Ich bin gespannt darauf, wie Sie dieses Geständnis aufnehmen werden. Unser

Briefwechsel hat jetzt einen Grad an Vertrautheit erreicht, der uns verpflichtet und unsere Zukunft in Frage stellt.

Zum Schluß möchte ich Ihnen im Morgengrauen folgende Verse des mystischen Dichters Ibn Al-Fârid aus dem dreizehnten Jahrhundert zuflüstern:

‹Und wenn die Nacht Dich einhüllt und Dir Bleibe ist
in ihrer Einsamkeit
entzünde ein Feuer der Lust in ihrer Schwärze . . .›

Ihr.»

«Ein Gesicht bauen, wie man ein Haus errichtet»

Bevor ich weiter aus diesem Tagebuch vorlese, möchte ich denjenigen, die sich um das Los der restlichen Familie sorgen, sagen, daß unsere Hauptfigur nach dem Tod der bedauernswerten Fatima die Kontrolle über die Geschäfte verlor und sich entschloß, nun nie wieder in Erscheinung zu treten. Man verdächtigte ihn, den Tod seiner Gattin beschleunigt zu haben, und die beiden Familien schlossen ewige Feindschaft.

Der Zerfall setzte langsam ein: Die Wände des großen Hauses wurden rissig, vor Vereinsamung starben die Bäume im Hof ab, die Mutter erlebte diesen Niedergang als Rache des Himmels dafür, daß dem Willen Gottes Gewalt angetan worden war, sie verstummte und versank in friedlichen Wahn. Die im Haus verbliebenen Töchter verpraßten die Erbschaft und versuchten, in der einen oder anderen Weise ihrem verborgenen Bruder zu schaden, doch dieser Bruder war außer Reichweite; trotz allem herrschte er in seiner Unsichtbarkeit weiter. Nachts hörte man seine Schritte, aber niemand sah ihn. Türen und Fenster hatten sich hinter einem schwerwiegenden Geheimnis geschlossen. Es war ihm zur Gewohnheit geworden, am Eingang eine Schultafel anzubringen, auf die er mit weißer Kreide einen Gedanken, einen Spruch, eine Sure aus dem Koran oder ein Gebet schrieb. An wen wandte er sich damit? Malika konnte nicht lesen. Seine Schwestern wagten nie, bis zu seinem Zimmer hochzusteigen. Doch jedem oder fast jedem Tag enstprach ein Gedanke, eine Farbe, eine Musik.

An dem Tag, an dem unsere Geschichte angelangt ist, stand folgendes auf der Tafel: «Was sagt die Nacht? Kehr zurück in Deine Bleibe!»

An einem anderen Tag steht da die Sure: «Wir gehören Gott, und zu ihm werden wir zurückkehren», und er hat klein dahintergeschrieben: «Wenn ich es will.» Ketzerei! Ketzerei! Brüder! Ab diesem Zeitpunkt wird er sich entwickeln und seine Einsamkeit bereichern, bis sie schließlich zu seinem Ziel und zu seiner Gefährtin wird. Von Zeit zu Zeit wird er versucht sein, sie hinter sich zu lassen, auszubrechen und alles in einem Anfall von Wahn und zerstörerischer Raserei umzukehren. Ich weiß nicht genau, ob wir die kommenden Geschehnisse erfahren werden, selbst wenn wir sein Tagebuch und seine Briefe lesen.

«*15. April.* Ich habe mich genug verausgabt. Jetzt suche ich mich aufzusparen. Für mich war das eine Probe. Ich bin fast an ihr gescheitert. Frau sein ist ein natürliches Gebrechen, mit dem sich alle Welt abfindet. Mann sein ist eine Illusion und ein Gewaltakt, der alles rechtfertigt und begünstigt. Ganz einfach sein ist eine Herausforderung. Ich, er, sie bin es leid. Wären da nicht dieser Körper zusammenzuflicken, dieser abgenutzte Stoff auszubessern, diese schon tiefe und rauhe Stimme, diese erloschene Brust und dieser verwundete Blick, wären da nicht diese beschränkten Seelen, dieses heilige Buch, dieses in der Grotte ausgesprochene Wort und diese abschirmende und schützende Spinne, wären da nicht das herzermüdende Asthma und dieser Kif, der mich aus dem Zimmer hinausträgt, wäre da nicht diese tiefe Schwermut in meinem Gefolge... Ich würde diese Fenster öffnen und die höchsten Gemäuer erklettern, um die Gipfel der Einsamkeit zu erreichen, meine einzige Bleibe, meine Zuflucht, mein Spiegel und der Weg meiner Traumbilder.»

«*16. April.* Jemand hat gesagt: ‹Die Stimmen klingen in der Einsamkeit anders!› Wie spricht man in einem leeren, abgedichteten Glaskäfig zu sich selbst? Mit gesenkter, mit innerer Stimme, so gesenkt, so tief, daß sie zum Echo eines noch unformulierten Gedankens wird.

Ich gehe bei der Stille in die Lehre; von Zeit zu Zeit zieht sie sich zurück, um dem Echo meiner geheimen, mich in ihrer Fremdartigkeit überraschenden Gedanken Raum zu geben.»

«*16. April, abends.* Ich habe in der Badewanne geschlafen. Ich liebe den Wasserdampf, den Dunst, der die Scheiben meines Käfigs beschlägt. Meine Gedanken vergnügen sich, lösen sich in diesem verdampften Wasser auf und fangen an zu tanzen wie kleine herumziehende Funken. In diesem Zustand der Hingabe sind die Träume süß und gefährlich. Ein Mann ist gekommen, er hat Dunst und Raum durchquert und seine Hand auf mein verschwitztes Gesicht gelegt. Mit geschlossenen Augen habe ich mich im schon lauwarmen Wasser gehenlassen. Dann hat er seine schwere Hand auf meine erwachende Brust geschoben, seinen Kopf ins Wasser getaucht und ihn, meine Scham küssend, auf meinen Unterleib gelegt. Ich empfand etwas so Starkes, daß ich das Bewußtsein verlor und fast ertrank. Ich wachte auf, als das Wasser in meinen halbgeöffneten Mund drang.

Ich war bis in mein Innerstes aufgewühlt. Ich stand auf, trocknete mich und kehrte zurück zu meinem Bett, meinen Büchern und meiner Besessenheit.»

«*17. April, morgens.* Ich stehe noch unter dem Schock des gestrigen Traums. War es ein Traum? Ist er wirklich gekommen? Meine Widerstandskraft ist unermeßlich. Ich habe meine Körpersprache verloren; ich habe sie übrigens nie besessen. Ich sollte sie erlernen und wie eine Frau zu sprechen anfangen. Wie eine Frau? Warum? Bin ich ein Mann? Ich werde einen langen Weg zurücklegen müssen, geduldig Schritt für Schritt zurückverfolgen, die ersten, weder vom Kopf noch von der Vernunft kontrollierten körperlichen Empfindungen wiederentdecken. Wie sprechen? Und mit wem sollte ich denn sprechen? Sieh da, mein Brieffreund hat mir nicht geschrieben. Er ist zu ernst. Ob ich es eines Tages wage, ihm unter die Augen zu treten? Ich muß seinen letzten Brief beantworten. Ich habe keine Lust zum Schreiben. Ich werde einige Tage verstreichen lassen. Mal sehen, ob er sich meldet. Er war es, der mich im Bad besucht hat. Ich habe seine Stimme wiedererkannt, eine innere Stimme, die in seiner Schrift durchscheint, sie ist gebeugt wie seine durchgestrichenen Worte. Beim Nachlesen einiger seiner Briefe überläuft es mich heiß und kalt. Mir ist, als streichelten seine Sätze meine Haut, als berührten sie mich an den empfindsamsten Körperstellen. Ach! Um diesen Körper zu wecken, benötige ich Ausgeglichenheit; es ist noch Zeit, ihn zu seiner eigentlichen Begierde zurückzuführen.

(...) Was mein Gewissen dazu sagt? ... mein Gewissen ... es hat die ganze Zeit lang geschwiegen ... Es war abwesend, träge wie schlechter Hefeteig ... Es könnte mich wie eine Ertrinkende von Mund zu Mund beatmen und mir einhauchen: ‹Du mußt werden, wer du bist› ... es könnte sich aufrichten ... Aber über ihm häufen sich schwere Lehmschichten ... und der Lehm hindert es am Atmen ... ich habe ein zugepflastertes Gewissen ... Wie amüsant ... Morgen könnte ich vor einen Richter treten und ihm stolz verkünden, daß ich eine Klage einreiche gegen den Lehm, der auf meinem Gewissen lastet, es erstickt und mich so daran hindert, zu dem zu werden, was ich bin! Ich sehe schon jetzt das runde, verdutzte Gesicht des Richters, der nicht bestechlicher als alle anderen sein sollte, aber ich werde ihn unter denjenigen auswählen, die Bestochenheit atmen ... Richter haben keinen Humor und bringen einen nicht zum Lachen... Oder ob ich in meinem Männeranzug ausgehe, dem Richter folge, um ihn schließlich in einen dunklen Torweg zu drängen und auf den Mund zu küssen... Wie ekeln mich all diese Bilder an... Meine Lippen sind so rein, daß sie sich bei der Berührung mit anderen Lippen schürzen... doch warum sollten sie sich auch gegen andere Lippen pressen... Dennoch, in meinen Träumen sehe ich unaufhörlich fleischige Lippen über meinen ganzen Körper streifen und lange auf meinem Unterleib verweilen... Das verschafft mir so starke Lust, daß ich aufwache... und meine Hand auf meinem Geschlechtsteil entdecke... Lassen wir das... Was sagt mein Gewissen? Öffne ein Fenster und sieh der Sonne ins Auge...»

«*19. April.* Trauriger Tag. Ich habe das Fenster geöffnet. Der Himmel ist wolkenlos. Ich lerne, mein Spiegelbild zu betrachten. Ich lerne, meinen Körper anzusehen, zuerst bekleidet, dann nackt. Ich bin etwas mager. Meine Brüste sind so klein... Nur mein Hintern hat etwas Weibliches... Ich habe beschlossen, meine Beine zu enthaaren und Worte für die Rückkehr zu finden. Ich habe fast schon den Rhythmus und die Gangart dieser Rückkehr eingeschlagen. Der Tag wird sich in eine sternlose Nacht verkehren. Ich werde die Nächte miteinander verweben und den Tag, sein Licht, seine Farben und seine geheimen Wunder nicht mehr sehen.

Ich wäre ein Thema für die Phantasie eines Hochstaplers, eine die den Seiltänzer trägt, ein Körper, den der Zauberer verschwinden läßt, der vom Propheten ausgesprochene Name, ein Strauch, in dem sich der Vogel verbirgt... Ich gerate auf Abwege, doch seit einiger Zeit fühle ich mich befreit, ja bereit, Frau zu sein. Aber man sagt mir, ich sage mir, daß ich vorher bis in die Kindheit zurückgehen muß, kleines Mädchen, Jugendliche, verliebtes junges Mädchen,

Frau sein..., ein so weiter Weg... ich werde es niemals schaffen.»

«*20. April.* Ich lebe nun in einer Freiheit, die ich selbst überwache. Ich fühle mich wie das Kamel des Philosophen, das einen anspruchsvollen Geschmack und unbefriedigbare Wünsche hatte; es sagte:

‹Ließe man mich frei wählen,
so wählte ich mir gerne einen kleinen Platz
im Herzen des Paradieses:
besser noch – vor der Tür!›

«*20. April (nachts)*. Briefentwurf: Freund, Sie werden fordernd, drängend, unruhig. Ich bin mitten in meinem Umwandlungsprozeß. Ich gehe von mir zu mir, ein wenig hinkend, zögernd, mit schleppendem Schritt wie ein Krüppel. Ich gehe und weiß weder wann, noch wo ich diese Reise abbrechen werde. Ihr Brief hat mich in Verwirrung gestürzt. Sie wissen viel über mich, und beim Lesen Ihrer Worte sehe ich meine Kleider nach und nach fallen. Wie ist es Ihnen gelungen, in den geheimen Käfig zu dringen? Glauben Sie, Ihre Gefühle werden mich wieder lebensfähig machen? Ich meine, mich lehren zu atmen, ohne ans Atmen zu denken, zu gehen, ohne ans Gehen zu denken, meine Hand unüberlegt auf eine andere Haut zu legen und grundlos loszulachen, frei wie ein Kind, das von einem bloßen Lichtstrahl hingerissen ist? ...

Wie Ihnen antworten, wenn ich noch nicht zu mir selbst zurückgefunden habe und nichts kenne als verkehrte Gefühle, die aus einem verratenen Körper kommen, aus einer seelenlosen Bleibe...

Ich habe mich freiwillig vom Rest der Welt abgesondert. Ich habe mich selbst aus der Familie, der Gesellschaft und diesem von mir lange bewohnten Körper ausgeschlossen. Sie schreiben von Ihren körperlichen Regungen. Ist das nicht ein Vorgriff? Mein Vergnügen besteht darin, sie zu erahnen, nach und nach Ihre Gesichtszüge zu zeichnen, mir Ihren Körper durch Ihre Sätze hindurch zu formen; Ihre Stimme kenne ich bereits; sie ist tief, leicht rauh, warm, wenn Sie sich gehenlassen... Wenn es nicht stimmt, sagen Sie es mir. Haben Sie nie versucht, die Stimme des Abwesenden, eines Philosophen, eines Dichters, eines Propheten zu erahnen? Ich glaube, die Stimme unseres Propheten Mohammed zu kennen. Ich weiß, daß er wenig sprach. Eine ruhige, gesetzte, klare Stimme; nichts trübt sie. Ich spreche von Stimmen, weil meine eine solche Wandlung durchgemacht hat, daß ich dieser Tage versuche, ihre natürliche Klangfarbe wiederzufinden. Es ist schwierig. Ich schweige still und befürchte, daß sich meine Stimme verliert, ins Abseits verschwindet. Ich lehne es ab, allein mit lauter Stimme zu sprechen. Aber ich höre mich im tiefsten Inneren schreien. Jeder Schrei ist ein Abtauchen in mich selbst. Ein Abtauchen, kein Fallen. Fast ist es eine schwindelnde Freude. Schreien und sich hören können... Ganz in sich, ins Innere dieses Gerüsts gleiten. Wenn ich ein Buch lese, macht es mir Vergnügen, auf die Stimme des Autors zu hören. Seltsamerweise verwechsle ich oft Männer- mit Frauenstimmen, Kinder- mit Erwachsenenstimmen. Ihre Stimme erreicht mich manchmal in einer weiblichen Hülle, eigentlich hängt alles vom Augenblick ab, in dem ich Sie lese. Wenn ich zornig bin und meine Augen auf einen Ihrer Briefe fallen, höre ich die süße, unerträgliche Stimme einer Frau. Wer sind Sie? Nein, sagen Sie es mir niemals! Auf bald.

P. S. Hinterlegen Sie in Zukunft Ihre Briefe beim Juwelenhändler genau gegenüber von meinem Laden. Ich traue meinem Personal nicht mehr. Man ist nie vorsichtig genug!

Ist Ihnen aufgefallen, daß der Himmel dieser Tage seltsam malvenfarbig ist; es ist Vollmond: Alle Tollheiten sind erlaubt...»

«22. *April.* Ich habe vergessen, Malika den Brief zu geben, damit sie ihn beim Juwelier hinterlegt. Dieser Tage vergesse ich alles. Die Dunkelheit ist gut zum Nachdenken, und wenn sich meine Gedanken verirren, klammere ich mich noch an die Finsternis, als hielte mir jemand ein Seil hin, das ich ergreife und an dem ich hin- und herschwinge, bis die Ruhe wieder in meine Bleibe eingekehrt ist. Ich brauche meine ganze Kraft zur Sammlung auf ein Problem, das ich bis jetzt umgangen habe. Ich wage noch nicht, mit mir selbst darüber zu sprechen.

Manche Stille ist wie ein Schluchzen in der Nacht, die über die Nacht gesunken ist.

Seit den Hammambesuchen in meiner Kindheit habe ich keinen nackten Frauen- oder Männerkörper mehr gesehen. Körper bevölkern manche meiner Träume; sie berühren, streicheln mich und gehen weg. Alles geschieht in der geheimen Welt des Schlafs. Beim Aufwachen bleibt mir der Geschmack von etwas, das mich durchquert und Kratzer hinterlassen hat, als hätte man meine Haut schmerz- und gewaltlos zerkratzt. Ich erkenne die Gesichter nie. Männerkörper? Frauenkörper? In meinem Kopf bleiben nur wirre Bilder. Als ich noch ein Leben draußen hatte, als ich ausging und reiste, fiel mir auf, wie ausgehungert dieses Volk nach Sexualität ist. Die Männer sehen die Frauen an und durchkneten dabei ihre Körper; jeder Blick reißt eine Djellaba, ein Kleid herunter. Sie messen die Hintern und Brüste ab und schütteln ihr Glied hinter der Gandura.

Ich habe mehrmals gesehen, wie mein Vater in voller Kleidung, mit hinuntergezerrtem Serual meiner Mutter den weißen Samen gab; er beugt sich schweigend über sie;

sie stöhnt nur schwach. Ich war noch klein, und dieses Bild, das ich später bei den Tieren unseres Hofes wiederfand, blieb haften. Ich war klein und nicht an der Nase herumzuführen. Ich kannte die weißliche Farbe des Samens, die ich im Männerhammam gesehen hatte. Ich war klein, und es ekelte mich an. Ich hatte einen Blick auf diese, ich weiß nicht mehr ob lächerliche oder komische Szene geworfen und blieb untröstlich. Meine Traurigkeit ließ mir keine Ruhe. Ich rannte, um dieses Bild zu vergessen und es unter der Erde, unter einem Haufen Steine zu vergraben. Aber es kam wieder, größer, anders, hektisch. Mein Vater bot einen immer lächerlicheren Anblick, er fuchtelte mit den Händen, schwang seinen schlaffen Hintern, meine Mutter umfing brüllend seinen Rücken mit ihren flinken Beinen, und er schlug sie, um sie zum Schweigen zu bringen, sie schrie immer lauter, er lachte; diese verklammerten Körper waren grotesk, und ich saß, ganz klein, am Bettrand, so klein, daß sie mich nicht sehen konnten, klein, aber aufmerksam, festgeheftet mit etwas wie starkem Leim, derselben Farbe wie der Samen, den mein Vater auf den Leib meiner Mutter gespritzt hatte, ich war ganz klein und klebte am Holzrahmen des federnden und ächzenden Bettes fest; meine Augen waren größer als mein Gesicht; meine Nase hatte alle Gerüche eingesogen. Ich erstickte; ich hustete, und niemand hörte mich... Ich wollte mich loseisen, aufstehen und weglaufen, um zu erbrechen und mich zu verstecken... Ich zerrte und konnte mich nicht bewegen... ich zerrte und blieb hängen, verschrammte meinen teuren Arsch am Holzrahmen... mit blutigem Gesäß lief ich weinend in einen Wald am Stadtrand, ich war klein und spürte, wie das riesige Glied meines Vaters mich verfolgte, er holte mich ein und brachte mich nach Hause zurück... Ich rang nach Luft, rang immer wieder nach Luft... heute sind all diese Bilder weit weg...

Mein Kopf ist schwer. Wo ihn hinlegen. Ablegen. Hinterlegen; ihn in eine runde Pappschachtel, in eine Hutschachtel tun. Sie auf nachtblauem Samt abstellen. Vorsichtig. Einen Seidenschal darüber ausbreiten. Ohne Blumen. Etwas Watte oder ein Stück Holz hinzutun, damit er nicht rutscht. Mit der Hand über die Augen fahren, sie schließen. Die Haare sorgfältig kämmen, nicht daran ziehen. Ruhig. Keine Aufregung. Barfuß gehen. Achtung, die Gegenstände nicht aufstören, die kaputte Uhr, einen einäugigen Porzellanhund, einen Holzlöffel, einen traurigen Sessel, einen schiefen niedrigen Tisch, einen schwarzen Stein für die Reinigungen in der Wüste, dieses Bett, diese Laken, diesen Stuhl am geschlossenen Fenster (den Sessel der Sehnsucht), diesen Gebetsteppich... Ja, wo war ich stehengeblieben? Mein Kopf! Ich möchte ihn verlieren, sei es nur ein einziges Mal, ich werde mit zusammengekrümmtem Körper warten, ich werde warten, daß man ihn mir in einem mit Jasmin durchtränkten Rosenstrauß zurückbringt... Ach! Wenn ich mich von allem trennen sollte, das mich am Atmen und Schlafen hindert, so bliebe mir nichts mehr... Ich wäre nichts... ein Gedanke... für einige vielleicht ein zerknittertes Bild, für andere ein Zweifel.

Nicht ich bin es mehr, der die Nacht durchquert... Sie zieht mich an ihrem Saum mit sich...»

«25. *April.* Ein viereckig gefaltetes Blatt auf dem Frühstückstablett. Ein Zeichen meines fernen Freundes:

‹Sich selbst ähneln, heißt das nicht, sich verändern?› Also entferne ich mich eine Zeitlang. Ich wende mich ab von Ihnen und komme mir selbst näher. Mir bleibt nur absolute Einsamkeit. Als Fremder im Schoß meiner Familie bin ich belanglos, völlig belanglos. Einzigartig und einsam. Sie kennen meine Leidenschaften: der Umgang mit einigen mystischen Dichtern und das Verfolgen Ihrer Spur... Ich unterweise Studenten in der Liebe zum Absoluten. Ich Ärmster! Bald werde ich Ihnen ausführlicher schreiben.

Das Licht dieses Frühlings leuchte Ihnen.»

«*Am selben Morgen*. Aufbrechen, reisen, herumirren, vergessen können, ist das ein Glück oder eine Falle? Seit ich in der Abgeschiedenheit dieser Kammer lebe, gehe ich aus und sehe die Stadt mit Ihren Augen, in Ihren Sätzen. Ich muß reisen, weit von hier wegfahren. Sie wissen doch, daß ich nicht in irgendeinem Land und noch weniger in irgendeiner Familie zu Hause bin. Meine Heimat ist ein Blick, ein Gesicht, eine Begegnung, eine lange Nacht des Schweigens und der Zärtlichkeit. Ich werde hierbleiben, mich nicht von der Stelle rühren und auf Ihre Briefe warten; sie lesen ist verreisen... ich werde eine Ablage sein, in die Sie Ihr Reisetagebuch Seite für Seite eintragen. Ich werde es in Freundschaft, in Liebe aufbewahren. Ich werde Ihnen auch schreiben und Ihnen das Ganze bei Ihrer Rückkehr überreichen. Wir werden unsere Silben austauschen und darauf warten, daß sich unsere Hände berühren...

Danke für das Frühlingslicht. Freund, hier sehe ich weder Licht noch Frühling, sondern mich selbst in meinen eigenen Armen, und wiederhole unendlich eine unmögliche Leidenschaft.

Gute Fahrt! Und wenn Sie auf ein Kind mit feuchten Augen treffen, so umarmt Sie damit ein kleines Stück meiner Vergangenheit.»

«*Mai*. Ich habe jedes Zeitgefühl verloren. Seltsamerweise endet mein Kalender Ende April. Es fehlen Seiten. Eine Hand hat sie abgerissen. Eine andere hat sie für eine Hexerei ausgewählt. Mit der Zeit spielen und auf die Gestirne achten. Meine Zeit hat nichts zu tun mit der des Kalenders, ob er nun abgelaufen ist oder nicht.

Heute früh kam mir plötzlich die Idee, ein Kind zu adoptieren. Eine kurzlebige Idee, die genauso schnell verschwand, wie sie gekommen war. Ein Kind? Ich könnte eines zeugen, mit irgend jemandem, dem Milchmann, dem Muezzin, dem Leichenwäscher... irgend jemandem, wenn er nur blind ist... Warum sollte ich nicht einen schönen Jüngling entführen, ihm die Augen verbinden und ihn mit einer Nacht belohnen, in der er mein Gesicht nicht sehen, aber mit meinem Körper tun wird, was auch immer ihm einfällt? Dazu müßte ich einige Leute einweihen, und ich möchte nicht Gefahr laufen, entdeckt zu werden. Dieser Tage hat mein Körper immer genauere Begierden, und ich weiß nicht, wie ich sie befriedigen soll. Eine andere abwegige Idee: mit einer Katze zusammenleben! Sie wird zumindest nicht wissen, wer ich bin, für sie wäre ich ein menschliches, möglicherweise sogar asexuelles Wesen... Ich habe den Schatten und die Unsichtbarkeit gewählt. Nun beginnt der Zweifel aufzudämmern wie ein hartes, grelles, unerträgliches Licht. Ich werde die Zweideutigkeit bis zum Ende erdulden, aber ich werde niemals mein nacktes Gesicht dem näherkommenden Licht aussetzen.

Ich höre, meine Schwestern haben das Haus verlassen. Sie sind eine nach der anderen gegangen; meine Mutter hat sich in eines der Zimmer eingeschlossen und verbüßt aus eigenem Willen ein Jahrhundert Schweigen und Abgeschiedenheit. Das Haus ist riesig. Es ist sehr heruntergekommen; es zerfällt. So halte ich ein Ende und meine Mutter das andere. Sie weiß, wo ich bin. Ich weiß nicht, wo sie ist. Malika bedient und hilft uns beiden, jedem in seiner Prüfung.

Ist es Nacht in der Nacht oder Tag ebenfalls in der Nacht? Etwas in mir erschauert. Es muß meine Seele sein.»

Der Erzähler wird von seinen Sätzen verschlungen

Treue Gefährten! Ihr seid nur noch wenige, die ihr mit mir die Geschichte dieses Menschen weiterverfolgt, aber was bedeuten schon Zahlen. Ich weiß, warum einige heute früh nicht mehr gekommen sind: Sie haben die kleine Ketzerei nicht ertragen, die sich unsere Hauptfigur erlaubt hat. Sie hat es gewagt, eine Koransure zu verkehren. Aber dieser Mensch ist nicht mehr bei sich. Schließlich hat man sein Schicksal verkehrt, und wenn er sich in einer Krise einige Freiheiten mit einer Sure, einer einzigen Sure herausnimmt, so sollten wir ihm verzeihen können! Im übrigen sind wir nicht seine Richter. Das ist Gottes Sache.

Etwas oder jemand hält uns zurück, jedenfalls verkettet uns eine schwere, gleichmütige Hand alle miteinander und verschafft uns das Licht der Geduld. Der Morgenwind bringt den Gebrechlichen Gesundheit und öffnet den Gläubigen die Türen; in diesem Augenblick schlägt er die Buchseiten um und weckt die Silben eine nach der anderen: Sätze oder Suren erheben sich und lichten die Nebel des Wartens. Ich liebe diesen Wind, der uns umfängt und den Schlaf aus den Augen weht. Er stört die Ordnung des Textes und schlägt Insekten in die Flucht, die an die fetten Seiten geklebt sind.

Ich sehe einen Nachtfalter aus der Handschrift aufsteigen. Er trägt einige unnütze Bilder mit sich. Ich sehe eine Schwalbe beim Versuch, vom heißen Fluß der Worte loszukommen, die mit diesem seltenen Öl getränkt sind. Weit hinten im Buch hörte ich eine Fledermaus auf dem letzten Loch pfeifen. Sie kündigt das Ende einer Zeit an, vielleicht das Ende einer Epoche. Der Wind, der im Buch blättert, berauscht mich; er trägt mich auf einen Hügel; ich setze mich auf einen Stein und betrachte die Stadt. Alle scheinen zu schlafen, als sei die ganze Stadt nur ein riesiger Friedhof. Und an diesem unerreichbaren Ort bin ich allein mit dem Buch und seinen Bewohnern. Ich höre Wasser rauschen; vielleicht hat ein Bach seinen Weg in die Seiten des Buches gefunden; er durchquert die Kapitel; das Wasser löscht nicht alle Sätze; widersteht die Tinte, oder sucht sich das Wasser seine Absätze aus? Seltsam! Ich habe oft von einer Hand geträumt, die über die Seiten eines bereits geschriebenen Werkes gleitet und es von innen reinigt, das Unnütze und Geschwollene, das Hohle und Überflüssige löscht!

In Bruchstücken, jedoch nicht ohne Sinn drängt sich mir die Geschichte von allen Seiten ins Bewußtsein. Die Handschrift, die ich euch vorlesen wollte, zerfällt jedesmal, wenn ich versuche, sie aufzuschlagen und von den Worten zu befreien, die unendlich viele Vögel, Insekten und Bilder vergiften. Das Bruchstückhafte nimmt von mir Besitz, macht mich zum Besessenen und führt mich zurück zu euch, die ihr die Geduld zum Warten habt. Das ist das Buch: ein Haus, in dem jedes Fenster ein Viertel, jede Tür eine Stadt, jede Seite eine Straße ist; es ist ein Spiegelkabinett, eine Theaterkulisse, in der ein zwischen zwei Fenster gespanntes blaues Laken und eine eingeschaltete Glühbirne den Mond aufgehen lassen.

Wir werden dieses große Haus bewohnen. Die Sonne ist dort früh reif und das Morgengrauen stürmisch. Das ist normal; es ist die Stunde des Schreibens, der Moment, in dem sich die Räume und Mauern, die Straßen und Stockwerke des Hauses bewegen oder, besser, in Bewegung geraten durch die Herstellung von Worten, die sich türmen, dann ausbreiten, in eine bestimmte Ordnung fügen, im Prinzip ist jedes an seinem Platz; es ist die Stunde der fieberhaften Bewegungen, des Hin- und Herlaufens und der jähen Abstiege. Es ist eine feierliche Stunde, in der sich alle sammeln, den von den Silben geprägten Zeichen nachzusinnen und sie aufzunehmen. Unabhängig von diesem inneren Aufruhr bleibt die Fassade glatt. Wir aber werden innerhalb der Mauern, im Hof, auf dem runden Platz sein, und von diesem Kreis werden so viele Straßen abgehen wie Nächte, die wir erzählen müssen, damit nicht die Flut an Geschichten, deren Wasser sich vor Anbruch des Morgengrauens niemals vermengen dürfen, über uns zusammenschlägt! Wir werden einige kurze Augenblicke Ruhe zum Atemholen und Erinnern haben.

Jetzt sind wir unter uns. Unsere Hauptfigur wird aufstehen. Wir erblicken ihn, und er sieht uns nicht. Er glaubt sich allein. Er fühlt sich nicht beobachtet. Um so besser. Hören wir auf seine Schritte, folgen wir seinem Atem, ziehen wir den Schleier von seiner müden Seele. Er hat keine Nachricht von seinem unbekannten Brieffreund.

Der Mann mit den Frauenbrüsten

Ich habe lange genug zurückgezogen gelebt. Sicher habe ich die von mir selbst gesetzten Grenzen überschritten. Wer bin ich jetzt? Ich wage nicht, mein Spiegelbild zu betrachten. In welchem Zustand sind meine Haut, meine Gestalt und meine Erscheinung? Zuviel Einsamkeit und Stille haben mich erschöpft. Ich hatte mich mit Büchern und Geheimnis umgeben. Heute will ich mich befreien? Wovon denn? Von der in mir aufgespeicherten Furcht? Von diesem Dunst, der mir als Schleier und Decke dient? Von dieser Beziehung zu dem anderen in mir, dem, der mir schreibt und mir das seltsame Gefühl gibt, noch von dieser Welt zu sein? Mich von einem Schicksal oder von den Zeugen der ersten Stunden befreien? Der Gedanke an den Tod ist mir zu vertraut, als daß ich mich in ihn flüchten könnte. Also werde ich aufbrechen. Es wird Zeit für eine neue Geburt. In Wirklichkeit werde ich mich nicht verändern, sondern einfach nur zu mir selbst zurückkehren, genau bevor der für mich gesponnene Schicksalsfaden sich abzuspulen beginnt und mich mitzieht.

Aufbrechen. Aus dem Untergrund auftauchen. Mein Körper würde die schweren Steine dieses Schicksals aufheben und sich neue auf die Erde stellen. Ach! Die Vorstellung, mich dieser Erinnerungen zu entziehen, erfüllt mich mit Freude. Ich hatte die Freude vergessen! Welche Erleichterung, welches Vergnügen zu denken, daß es meine eigenen Hände sein werden, die den Weg nach oben zeichnen werden! Ich weiß! Ich habe lange gebraucht bis zu diesem Fenster! Ich fühle mich leicht. Soll ich vor Freude schreien oder singen? Weggehen und dieses Leben zerwühlt zurücklassen, als hätte sich jemand gerade daraus erhoben. Mein Leben ist wie dieses Bett und dieses Laken, das lange, ermattende Nächte voll aufgezwungener Einsamkeit zerknittert haben. Ich werde weggehen, ohne aufzuräumen, ohne Gepäck, nur etwas Geld und diese Handschrift, die einzige Spur, das einzige Zeugnis meines Leidenswegs. Sie ist zur Hälfte schwarz von Tinte. Ich werde die zweite Hälfte hoffentlich mit glücklicheren Erzählungen füllen. Ich werde das unheilbringende Getier am Eingang abwehren und die Seiten den Schmetterlingen und manchen wilden Rosen öffnen. Meine Erzählungen werden in einem sehr weichen Bett schlafen, wo die Worte keine harten Kiesel mehr sein werden, sondern sanfte Feigenblätter. Die Worte werden mit der Zeit trocknen, ohne Farbe oder Duft zu verlieren.

Ich habe den Verband von meiner Brust abgenommen und meinen Unterleib lange gestreichelt. Ich habe keine Lust verspürt oder vielleicht doch, ich hatte heftige Empfindungen wie elektrische Schläge. Ich wußte, daß die Rückkehr zu mir selbst Zeit brauchen würde, daß ich mir meine Gefühle wieder anerziehen und meine Gewohnheiten ablegen müsse. Meine Zurückgezogenheit allein hat nicht ausgereicht. Deshalb habe ich beschlossen, diesen Körper auf den Straßen, in anderen Städten, an anderen Orten ins Abenteuer zu stürzen.

Meine erste Begegnung war ein Mißverständnis. Eine alte Frau, Bettlerin oder Hexe, eine schlaue, in bunte Lumpen gehüllte Vagabundin mit wachen Augen und verwirrendem Blick stellte sich mir in einem dieser engen Gäßchen in den Weg; es war so eng und düster, daß es ‹Zankat Wahed: Straße eines einzigen› genannt wurde. Sie versperrte mir den Weg. Das war nicht schwer. Sie brauchte sich nur querzustellen und die Arme etwas auszustrecken, wie um die Mauern abzustützen. Sie verdeckte das Licht und hinderte die Luft am Durchzug. So kam es, daß mein Körper, der unter der Djellaba anonym und gewöhnlich wirken sollte, bei seinen ersten unmaskierten Schritten am Morgen jenem prüfenden und strengen Blick entgegentreten mußte.

Die Frage war schneidend:

– Wer bist Du?

Ich hätte auf alle Fragen antworten, tausend Antworten erfinden, mir ausdenken können, aber das war die einzige, die eine Frage, die mich umwarf und buchstäblich verstummen ließ. Ich dachte nicht daran, Einzelheiten oder mein ganzes bisheriges Leben erzählen. Die Alte dachte sich sowieso etwas. Ihr Blick hatte nichts Unschuldiges. Er forschte, entkleidete, prüfte; er zweifelte und wußte dennoch. Er suchte Bestätigung. Er kontrollierte und wurde ungeduldig. Die Frage wurde im gleichen barschen Ton wiederholt:

–Was versteckst du unter deiner Djellaba, einen Mann oder eine Frau, ein Kind oder einen Greis, eine Taube oder eine Spinne? Antworte, sonst kommst du nicht aus dieser Straße heraus, es ist übrigens keine Straße, sondern eine Sackgasse. Ich habe die Schlüssel, und ich bin der Filter von Luft und Licht.

– Du weißt genau, wer ich bin, also laß mich durch.

– Was ich weiß, hat dich nicht zu kümmern! Aber ich will von dir hören, wer du wirklich bist... Ich will keinen Namen, ich möchte das Unsichtbare, das, was du in deinem Brustkorb versteckt, gefangen hältst.

– Ich weiß es selbst nicht: Ich komme gerade aus einem endlosen Labyrinth, in dem jeder forschende Schritt die Füße verbrannte..., mein Körper ist von Wunden und Narben durchfurcht: Und dabei ist es ein Körper, der nur wenig gelebt hat... Ich tauche gerade erst aus dem Schatten auf...

– Aus dem Schatten oder aus dem Dunkel der Finsternis?

– Die Einsamkeit, die Stille, der abscheuliche Spiegel.

– Du meinst die Leidenschaft...

– Ach ja! Die Leidenschaft zu sich selbst in dichter und lastender Einsamkeit.

– Nun, wenn du diesen Körper nicht benennen kannst, zeig ihn her.

Als ich zögerte, stürzte sie sich auf mich und zerriß mit ihren starken Händen meine Djellaba und dann mein Hemd. Da lagen meine beiden kleinen Brüste. Bei diesem Anblick wurde ihr Gesicht sanft und leuchtete in einem verwirrenden Aufblitzen, einer Mischung aus Begierde und Staunen auf. Ihre Hände strichen sanft über meine Brust, ihr Gesicht kam näher, und ihre Lippen berührten die rechte Brustwarze, küßten sie, saugten an ihr. Ihr Mund war zahnlos; er war sanft wie Säuglingslippen. Ich ließ sie erst gewähren, wurde dann heftig und stieß sie mit allen Kräften zurück. Sie fiel hin; ich ergriff die Flucht und versuchte dabei, meine Djellaba zusammenzuraffen.

Diese Begegnung hatte keine Folgen, zumindest keine unmittelbaren. Doch was danach geschah, verwirrte mich sehr. Muß ich es erwähnen? Es fällt mir schwer, es aufzuschreiben. Besser gesagt, ich schäme mich. Meine Wangen röten sich bei der Vorstellung, an jenen Tag zurückzudenken, an dem alles sich in meinem Kopf überstürzte und meine Gefühle durcheinandergerüttelt wurden. Die physische Empfindung, die mich bei den Zärtlichkeiten dieses zahnlosen Mundes auf meiner Brust durchfuhr, war Lust, auch wenn sie nur einige Sekunden währte. Ich schäme mich, es eingestehen zu müssen. Ich verbrachte die Nacht in einem luxuriösen Hotelzimmer und suchte Vergessen. Aber das Bild dieses fast schwarzen Gesichts, das mich anlächelte, wie um mir eine Erinnerung aus einem anderen Leben ins Gedächtnis zu rufen, verfolgte mich. Die Frau hinkte. Das war mir nicht aufgefallen. Ihre Stimme war mir nicht ganz unbekannt; sie gehörte in meine Kindheit. Dann zwang sich mir die ganze Nacht lang das Gesicht meiner verrückten, gedächtnislosen Mutter auf. Es schob sich nach und nach über das Gesicht der Alten, und Schmerz übermannte mich.

Ich hatte mich unter meinem offiziellen Namen ins Hotelregister eingetragen. Aber ich bemerkte den benunruhigten Blick des Pförtners. Meine Sätze blieben unvollendet. Ich legte mich nackt aufs Bett und versuchte, meinen Sinnen ihre Lust zurückzugeben, die ihnen bisher verwehrt war. Ich habe lange meine Brüste und Schamlippen gestreichelt. Ich war fassungslos. Ich schämte mich. Die Entdeckung meines Körpers führte notgedrungen über diese Begegnung meiner Hände mit meinem Unterleib. Sanft streiften meine Finger meine Haut. Ich war ganz in Schweiß gebadet, ich zitterte, und ich weiß bis heute nicht, ob vor Lust oder Abscheu. Ich wusch mich, stellte mich vor den Spiegel und betrachtete diesen Körper. Das Glas beschlug, und ich sah mich kaum. Dieses trübe und verschwommene Bild gefiel mir; es entsprach meinem Seelenzustand. Ich rasierte die Haare unter den Achseln, hüllte mich in eine Duftwolke und legte mich wieder ins Bett, wie auf der Suche nach einer vergessenen Empfindung oder einem erlösenden Gefühl. Mich erlösen.

Diese Zärtlichkeiten vor dem Spiegel wurden mir zur Gewohnheit, zu einer Art Bündnis zwischen meinem Körper und seinem Bild, einem in der Vergangenheit tief versunkenen Bild, das es mit leisen Fingern zu wecken galt. Ich schrieb vorher oder nachher. Oft war ich am Ende meiner Erfindungsgabe. Ich entdeckte nämlich, daß die von Bildern begleiteten Zärtlichkeiten intensiver waren. Doch ich wußte nicht, wo ich die Bilder hernehmen sollte. Wenn ich mir auch einige ausdachte, so saß ich dennoch manchmal auf dem trockenen, genau wie ich stundenlang auf mein leeres Blatt starrte. Mein Körper war dieses Blatt und dieses Buch. Um ihn zu erwecken, mußte ich ihn mit Bildern füttern, einhüllen, mit Silben und Gefühlsregungen füllen, mit Träumen und Wohlleben unterhalten.

Ich war wieder eingesperrt. Ich konnte meine erste Begegnung nicht vergessen. Sie ließ mich nicht los, und ich fürchtete sie. Aber ich durfte um keinen Preis aufgeben oder meine Entscheidung zurücknehmen. Der Bruch mit der Familie entsprach der Logik der Dinge. War notwendig. Nützlich. Der Bruch mit mir selbst entsprach keiner Logik, nicht einmal der, die ich mir selbst aufzwang. In Wirklichkeit improvisierte ich, ging planlos auf ein Schicksal zu, dessen Gewaltsamkeit ich nicht einmal erahnte.

Ich erinnere mich nicht mehr daran, in welcher Stadt es war. Im Gedächtnis geblieben sind mir heute das Meer und die sehr alte Stadtmauer, blau und rosa gestrichene Fischerboote, von Rost und Zeit zerfressene Schiffe, eine Insel mit seltenen Vögeln, eine verbotene Insel, am Stadtrand ein Marabut, belagert von unfruchtbaren Frauen, weißgetünchte Straßen, rissige Mauern, ein alter auf der Terrasse des großen Kaffeehauses dösender Jude, einer der letzten Juden der Medina, schlecht gekleidete Touristen, sehr pfiffige Gören, ein Seefahrerfriedhof, am Hafen aufgestellte Tische, an denen man gegrillte Sardinen ißt. Zwei Männer bessern die Maschen eines Fischernetzes aus, sie sitzen mit gekreuzten Beinen am Boden, sie rcden miteinander, einige Sätze tauchen aus meiner Erinnerung auf:

– So ist es eben heute…

– Die neue Zeit und ihre Herrscher…

– Die Frauen…

– Das sind keine Frauen mehr…, sie sind draußen…, sie sind drinnen…, mit offenen Augen…, mit eng geschnalltem Gürtel…

– Dieses Netz und seine Maschen können auch nichts daran ändern…

– Und die Männer?

Ich habe die Antwort des anderen vergessen. Vielleicht hat er nichts gesagt. Ein von Wellen und Wind erfülltes Schweigen.

Sicher habe ich in dieser von Nacht und Nebel beherrschten Stadt Oum Abbas getroffen. Sie kam und holte mich ab, als habe sie jemand geschickt. Es war zu Beginn einer heißen Nacht. Ich saß auf der Terrasse des einzigen Kaffeehauses der Stadt, als sich ihre Hand auf meine Schulter legte. Sie sagte mir:

– Einer der Geführten des Propheten hat mich auf deine Spur gesetzt. Ich suche dich schon lange. Sage nichts. Laß mich deine Rede erraten.

Ich war verblüfft und schwieg in der Tat lieber. Sie zog einen Stuhl heran und setzte sich ganz dicht neben mich. Der Geruch von Gewürznelken überflutete mich; ein widerlicher Geruch, besonders wenn er sich mit Schweiß mischt. Sie beugte sich über mich und sagte:

– Ich kenne dich.

Ich versuchte etwas abzurücken, aber ihre Hand schnappte nach mir und hielt mich fest. Schreien? Nein. Um Hilfe rufen? Warum denn? Sie ließ meinen Arm los und sagte in entschlossenem Ton:

– Du folgst mir jetzt!

Ich heuchelte nicht einmal Widerstand, konnte ich diesem Ruf entrinnen? War das Schicksal zu umgehen? Und dann, vielleicht begann ja so das Abenteuer.

Wie sah diese alte Botin aus? Was war in diesem Gesicht zu sehen: Güte, Tücke oder Bosheit? Sagen wir einfach, ihre Vorderzähne waren vorstehend und ragten über ihre zerschundene Unterlippe, ihre Stirn war klein, von waagerechten Runzeln durchquert, ihre Wangen waren hohl, doch in ihren Augen leuchtete ein kluger Funke.

Ich war verfügbar, entschlossen, sie gewähren und die Dinge auf mich zukommen zu lassen. Ich folgte ihr schweigend. In einem dunkeln Gäßchen drückte sie mich gegen die Mauer und begann, meine Kleider zu durchwühlen. Ich begriff sofort, daß sie weder Geld noch Schmuck suchte. Ihre

Hände tasteten meinen Körper ab, wie um eine Eingebung zu überprüfen. Meine winzige Brust beruhigte sie keineswegs, sie schob ihre Hand in meinen Serual, ließ sie einen Augenblick auf meinem Unterleib ruhen und schob dann ihren Mittelfinger in meine Scheide. Es tat mir sehr weh. Ich stieß einen Schrei aus, den sie mit ihrer anderen Hand auf meinem Mund erstickte, dann sagte sie mir:

– Ich hatte einen Zweifel.

– Ich auch! stieß ich zwischen den Lippen hervor.

Der Wanderzirkus hatte seine Zelte am Ausgang der Stadt aufgeschlagen, genau neben einem riesigen Platz, auf dem Jahr für Jahr Geschichtenerzähler und Schlangenbeschwörer ihr Können vor einem zahlreichen und anhänglichen Publikum darboten.

Eine Menschenmenge hatte sich vor einer Bretterbühne angesammelt, auf der ein Marktschreier die Leute zum Kauf von Lotterielosen animierte. Er brüllte abgegriffene Sprüche in ein Mikrophon in einem Arabisch, das mit französischen, spanischen, englischen Brocken durchsetzt war und manchmal auch mit einer künstlichen Sprache, dem Rotwelsch der Vagabunden, die in allen Gaunereien der Welt bewandert sind:

– Errrrbeh... Errrrbeh... eine Million... Melliun... talvasa bilaluan... ein Farbfernseher... ein Mercedes... Errrrbeh! tausend... dreitausend... Arba Alaf... Drrreh, drrreh Glücksrad... Aiua! Krista... Liebe... Es sind noch da, baqali Achr'a billetat... Achr'a... Aiua... Noch... Abenteuerrrr... das Rad wird sich drehen... Aber vorher... vorher werdet ihr sehen und hören... Tferju we tsatabu raskum fe Malika la belle... sie singt und tanzt zu Farid El Atrach! Malika!

Hinter dem Gestell, auf dem die Sachen, die Gewinne standen, trat Malika hervor. Sie hatte einen mehrere Tage alten Bart und einen prächtigen Schnauzer über einem mit schlecht aufgetragenem knallroten Lippenstift geschminkten Mund;

Malika trug einen altmodischen Kaftan und einen Gürtel aus Goldfäden, man sah gut, daß ihr Busen mit Lumpen ausgestopft und verrutscht war. Sie tanzte zur Musik von Farid El Atrach. Wenn man sich etwas vorbeugte, konnte man ihre behaarten Beine sehen. Sie ergriff das Mikrofon des Ansagers und tat die Hüften schwenkend einige Schritte. Die Menge stieß einen Entzückensruf aus. Dabei fiel dennoch niemand darauf herein. Malika war ganz offensichtlich ein Mann. Es war da etwas Seltsames und gleichzeitig Vertrautes: Gute Laune und Lachen vereinten alle zur verschworenen Gemeinschaft. Der Mann tanzte einen Frauentanz, sang Farid El Atrach im Play-Back-Verfahren, erregte die Männer in der Menge, zwinkerte den einen zu und verteilte Handküsse an die anderen...

Ich hatte schon von diesen Jahrmarktsauftritten gehört, bei denen ein Mann eine Tänzerin mimt, ohne sich wirklich als Frau auszugeben, bei denen alles Parodie ist, ohne wirklich zweideutig zu sein. Es gab sogar einen berühmten Schauspieler mit besonders männlicher Stimme und mannhaftem Aussehen, der nur Frauenrollen spielte, herrschsüchtige Megären, die die Männer lächerlich machten. Er hieß Bou Chab und besaß nicht einmal einen Funken Anmut. Nach seinem Tod versuchte sein ältester Sohn erfolglos seine Rollen zu übernehmen.

Abbas, der Sohn der Alten, kam auf mich zu und bedeutete mir, ihm zu folgen. Malika tanzte nicht mehr, sondern zerrte auf der Bühne ihre Lumpenbrust zurecht. Sie hatte eine Zigarette im Mundwinkel und zwinkerte mit den Augen, um den Rauch zu vertreiben. Abbas war der Ansager und der Boß. Im Gespräch mit mir, rollte er die Rs nicht mehr:

– Wir sind Nomaden, unser Leben ist aufregend, aber voll von Sackgassen. Alles ist falsch, und das ist unser Trick, wir machen kein Hehl daraus. Die Leute kommen deswegen, wegen Malika, die so wenig eine Tänzerin aus Tausendundeiner Nacht ist wie ich ein pockennarbiger Seemann, sie kommen wegen der Lotterie; das Glücksrad ist getürkt, sie können es sich denken, aber sie spielen mit. Nur der Esel, der raucht und sich totstellt, ist echt; ich habe ihn dressiert, und er kommt mich teuer zu stehen, denn ich füttere ihn gut. Die Kinderakrobaten sind alle Waisen, und ich bin ihr Vater und Bruder. Wenn sie mich aufregen, schlage ich sie, so ist es nun mal. In diesem Land unterdrückst du oder du wirst unterdrückt. Also schlage und beherrsche ich. So ist es nun mal. Friß oder stirb. Meine Mutter ist keine Hexe, auch wenn sie so aussieht. Sie ist eine Heilige. Sie leitet das Geschäft, liest aus den Karten und besorgt mir die Künstler. Sie hat Malika hergebracht, aber dieser Dummkopf läßt uns im Stich. Seine Frau hat gedroht, ihn zu verlassen. Er geht. Und du wirst ihn ersetzen. Wir werden den Stil der Nummer ändern: Du wirst dich im ersten Teil der Vorstellung als Mann verkleiden und dann fünf Minuten verschwinden, um als Vamp wieder aufzutauchen... Das ist mehr als genug, um alle Männer im Publikum verrückt zu machen. Das wird aufregend..., ich sehe es jetzt schon..., eine richtige Show mit Inszenierung, Spannung und sogar etwas nacktem Fleisch, nicht viel, ein Bein, ein Schenkel..., schade, daß du keine großen Brüste hast... Die Männer hier sind wild auf dicke Busen und Ärsche... Du bist zu mager... Halb so schlimm!... Wir werden an den Bewegungen und Andeutungen arbeiten! Morgen fängst du an. Manchmal drehen ein paar Männer durch und werfen Banknoten auf die Tänzerin. Du hebst sie auf und gibst sie mir. Mach bloß keine Geschichten!

Während dieser ganzen Ansprache sagte ich nichts. Ich war verunsichert und gefesselt. Langsam, aber stoßweise tauchte ich auf zu dem Wesen, das ich werden sollte. Ich erschauerte. Das war es also, die Regung eines Körpers, der zu einem anderen Leben und zu neuen Abenteuern berufen war. Ich schlief in einem Wohnwagen. Um mich herum Kinderakrobaten, die sich im Hintergrund hielten. Es roch nach Stroh und uringetränkter Erde. Der Geruch war so stark, daß er mich fast überwältigte. Die Nacht war lang und schwer. Ein Traum nach dem anderen. Im Sand ausgeglühte Pferdeschädel. Offene, von roten Ameisen zerfressene Hand. Ein Lied nach dem andern, ohne Musik oder Harmonie. Ein einarmiger Mann mit rasiertem Schädel peitscht einen Baum aus. Eine Straße steigt an und verliert sich im Himmel der Dämmerung. Die Kinderakrobaten steigen aufeinander und bilden eine Körperpyramide. Sie spielen nicht, sondern helfen einem asthmatischen Greis, zum Himmel emporzusteigen; sie behaupten, ihn an der Schwelle zum Paradies absetzen zu können. Die Pyramide ist hoch. Ich sehe ihre Spitze nicht: eine Wolke bedeckt ihr Haupt. Der schmächtige Körper des Kranken wird von Hand zu Hand gereicht. Er ist glücklich. Er wollte sich auf diese Art verabschieden. Er wollte seine Seele nicht allein zum Himmel fahren lassen. Die Gören lachen. Der Boß leitet die Operation mit seinem Handmikrofon. Ein sanfter Tod, wie der der Vögel, die sich im Himmel verlieren. Der Greis hält ein Taschentuch in der Hand und winkt damit einen letzten Gruß. Er ist schwerelos und lächelt. Dann Stille. Der Boß ist verschwunden. Die Gören steigen eines nach dem anderen mit den Kleidern des Alten in Händen ab. Auftrag erledigt. Letztes Mal haben sie so den Großvater des Chefs gen Himmel geschickt. Sie sagen, da oben sei es mild. Sie setzen ihn auf einer ziemlich dichten Wolkendecke ab und warten, bis andere Hände ihn abholen. Sie dürfen nicht mehr erzählen; und sie wissen sowieso nichts. Sie begnügen sich damit, die Leiter zu bilden und den Transport zu sichern. Der Rest bleibt außerhalb ihrer Obliegenheiten.

Diese erste Nacht nahm kein Ende. Der stickige Geruch der auf Stroh urinierenden Pferde hat bei mir wohl diese Visionen ausgelöst, von denen ich nur die hervorstechendsten im Gedächtnis behalten habe. Am nächsten Tag habe ich mich an ein geschminktes Gesicht erinnert, das eines weinenden Mannes, dem die Wimperntusche über Bartstoppeln und Schnurrbart lief. Er weinte ohne Grund und wollte, daß ich ihm die Brust gebe, wie ein zu früh entwöhntes Kind. Als er näherkam, erkannte ich die Alte, die mich in diese Geschichte hineingezogen hatte; sie hatte sich als Malika verkleidet und weinte wirklich.

Ich wurde herumgestoßen, angeschnauzt und widersetzte mich, um so meinen Teil an Vergessen zu verdienen.

Am Morgen probte ich etwas auf der Bretterbühne. Die Alte klebte mir jenen Schnurrbart auf, den sie in meinem Traum getragen hatte, und puderte meine Wangen mit etwas Schwarzem, um mir einen Bart zu machen. Der Kaftan war alt und vor allem sehr schmutzig. Er enthielt mehrere Schichten schlechten Parfums. Sie nannte mich Zahra ‹Amirat Lhob›, Prinzessin der Liebe. Ich spielte und tat, was man mir befahl; meine Neugier brachte mich dazu, noch weiterzugehen. Ich würde vielleicht nichts über diese ‹Künstlerfamilie› wissen, aber ich hoffte sehr, viel über mich selbst zu erfahren.

Ich hatte keine bösen Vorahnungen. Im Gegenteil, ich jubelte glücklich, schwerelos, strahlend.

Die Frau mit dem schlecht rasierten Bart

Im Hintergrund, nicht auf der Bühne, sondern in dieser Geschichte entrollt sich ein breites, vielfarbiges Band; vom Wind aufgebläht wird es zum durchsichtigen Vogel, es tanzt am hintersten Zipfel des Horizonts, wie um diesem Abenteuer die nötigen Farben und Lieder wiederzugeben. Wenn der Wind nur eine Sommerbrise ist, flattert das Band im regelmäßigen Rhythmus eines dahingaloppierenden Pferdes. Auf dem Pferd sitzt ein Reiter mit einem großen Hut, der mit Ähren, Lorbeerzweigen und wilden Blumen bekränzt ist. Wenn er dort hinten stehenbleibt, dort, wo man den Tag nicht mehr von der Nacht unterscheiden kann, in jener Landschaft mit von Kindern bemalten Steinen, wo sich die Statuen in die Mauern schmiegen, dort, in der Reglosigkeit und Stille wird er unter den Blicken liebender junger Mädchen zum Baum, der die Nacht bewacht. Am Morgen umfangen die ersten Lichtstrahlen den Baum, verpflanzten ihn, geben ihm einen Körper und Erinnerungen und lassen ihn dann zu einer Marmorstatue erstarren, deren Arme mit Blättern und Früchten überladen sind. Darum herum ein weißer, nackter Raum, in dem alles von außen Eingedrungene zerfließt, zu Sand, Kristallen, kleinen ziselierten Steinen wird. Der Morgenstatue gegenüber steht ein großer alter Spiegel; er wirft nicht das Bild der Statue zurück, sondern das des Baumes, denn er ist ein Gegenstand mit Gedächtnis. Die Zeit gehört dieser vor Licht glühenden Nacktheit. Die Uhr ist ein seelenloser Mechanismus; sie ist stehengeblieben von Rost und Abnutzung, von der Zeit, dem Atem der Menschen entstellt.

Freunde! Die Zeit ist dieser Vorhang, der sich gleich auf die Vorstellung senken und unsere Hauptfigur mit einem Leichentuch einhüllen wird.

Gefährten! Die Bühne ist aus Papier! Die Geschichte, die ich euch erzähle, ist altes Packpapier. Ein Streichholz, eine Fackel würden ausreichen, um am Vorabend unserer ersten Begegnung alles ins Nichts zurückzuverbannen. Die Tore und Tage würden vom selben Feuer verschlungen. Nur unsere Hauptfigur bliebe verschont! Sie allein könnte unter der Asche Schutz, Zuflucht und die Fortsetzung unserer Geschichte finden.

In seinem Buch spricht er von einer Insel. Vielleicht ist das seine neue Bleibe, das Hinterland, die Nachgeschichte, die jenseitige Weite, die unendliche weiße Stille.

Unser Freund – ich weiß nicht, welchen Namen ich ihm geben soll – wurde zur Hauptattraktion des Wanderzirkus. Er zog Männer und Frauen an und brachte dem Boß viel Geld ein. Er war weit weg von seiner Heimatstadt, und sein Verschwinden hatte keinerlei Auswirkung auf das große zerfallene Haus. Er tanzte und sang. Sein Körper fand zur Freude und zum Glück eines verliebten Jugendlichen. Sie versteckte sich zum Schreiben. Die Alte überwachte sie. Abbas beschützte sie. Mal Mann, mal Frau, tastete sich unsere Hauptfigur vor in der Zurückeroberung ihres Wesens. Er schlief nicht mehr unter den Akrobaten, sondern im Frauenwohnwagen; sie aß mit ihnen und ging mit ihnen aus. Man nannte sie Lalla Zahra. Sie mochte diesen Vornamen. Keine Wehmut; sie wehrte der Flut der Erinnerung. Der Bruch mit der Vergangenheit war nicht leicht. Also erfand sie diese weißen Räume, in die sie mit einer Hand verrückte Bilder warf und sie mit der anderen in Lebenslust kleidete, in die Lust ihres Traumlebens.

Sie strebte Ruhe und Ausgeglichenheit an – vor allem zum Schreiben.

Eines Nachts fand sie nach der Vorstellung einen Brief auf ihrem Strohlager:

«Lalla, so ist das Offensichtliche eine beschlagene Scheibe. Selbst die Sonne – dieses Licht, das Sie am Abend blendet – sehnt sich nach dem Schatten.

Ich sollte weggehen und sogar verschwinden, aber Sie waren es, die den Weg des Exils einschlug. Seit ich Sie wiedererkannt habe, mische ich mich jeden Abend unter die Menge. Ich sehe Sie an, ich beobachte Sie und entferne mich. Ich möchte Sie nicht durch den Ausbruch meiner Gefühle stören oder belästigen. Seien Sie gewiß, daß ich Ihnen nicht folge, um zu spionieren; ich folge Ihnen, um mich in der Illusion zu wiegen, das Unerreichbare zu erreichen.

Ihnen in Demut und Treue.

Sie können mir schreiben und den Brief mit dem Adjektiv ‹Al Majhoul› als Aufschrift an der Kasse hinterlassen. Ich werde ihn nie selbst abholen, sondern jemanden schikken.

Gute Nacht.»

Sie war fassungslos. Der Namenlose hatte schon lange nichts mehr von sich hören lassen. Ihr gegenüber gab die Alte vor zu schlafen. Auf einem Hocker standen ein Aschenbecher und ein Wasserglas mit dem Gebiß der Alten. Lalla Zahra saß in Gedanken versunken auf dem Bett. Eine Hand tastete nach dem Glas und ergriff die Zähne. Die Alte wollte wissen, was los war:

– Wer hat dir geschrieben?

– Niemand!

– Und dieser Brief?

– Ich weiß weder, wo er herkommt, noch wer ihn geschrieben hat.

– Nimm dich in acht! Keine Geschichten. Sollte ein Verehrer auftauchen, leuchte ich ihm schon heim!

– Richtig! Es muß ein Verrückter sein, der hinter mir her ist. Nur kenne ich hier niemanden.

– Ganz einfach. Wenn es ein Mann ist, bist du ein Mann; ist es eine Frau, so werde ich mich um sie kümmern!

Sie zog das Gebiß aus und tat es wieder ins Glas. Lalla schloß die Augen und versuchte zu schlafen.

So saß Lalla Zahra, willig und unterwürfig, eine lange Zeit für das Vergessen ab. Sie widersprach der Alten nie und behielt ihre Gedanken sorgfältig für die Nacht. Sie schrieb heimlich, während die anderen schliefen, notierte alles in ein Schulheft. Es gelang ihr, ihre Vergangenheit von sich zu entfernen, aber nicht, sie auszulöschen. Einige starke Bilder blieben ihr lebhaft und grausam im Gedächtnis: der herrschsüchtige Vater, die verrückte Mutter, die epileptische Ehefrau.

Eine ausweglose Nacht

Ich spüre ihre Anwesenheit hier, hinter mir, sie verfolgen mich mit ihrem sarkastischen Lachen, werfen Steine nach mir. Zuerst sehe ich meinen Vater, jung und stark, mit einem Dolch in der Hand auf mich zugehen, entschlossen, mir die Gurgel durchzuschneiden oder mich zu fesseln und lebendig zu begraben. Ich höre seine rauhe, furchtbare Stimme gleichmütig von weit her zurückkommen, um Ordnung in diese Geschichte zu bringen. Er spricht von Verrat und Gerechtigkeit. Wenn ich ihn höre, sehe ich ihn nicht mehr. Sein Bild verschwindet oder versteckt sich hinter den Mauern. Und die Gegenstände fangen an zu sprechen: der nächste Baum oder sogar die wackelige, wie irrtümlich mitten auf einer Kreuzung abgestellte Statue. Die Stimme kommt näher; sie bringt die Gläser auf dem Tisch zum vibrieren; der Wind trägt sie und hält mich gefangen. Ich kann ihr nicht entrinnen; ich bin hier und höre zu:

«In vorislamischer Zeit warfen die arabischen Väter weibliche Neugeborene in ein Loch und überschütteten sie mit Erde, bis sie starben. Sie hatten recht. So schafften sie das Unglück aus dem Weg. Das war Weisheit, ein kurzer Schmerz unerschütterliche Logik. Der Mut dieser Väter hat mich schon immer fasziniert; ein Mut, den ich nie bewiesen habe. Alle Töchter, die deine Mutter abgeworfen hat, verdienten dieses Los. Ich habe sie nicht begraben, weil sie für mich nicht existierten. Bei dir war das anders. Du warst eine Herausforderung. Aber du bist ein Verräter. Ich werde dich bis in den Tod verfolgen. Du wirst keinen Frieden haben. Früher oder später wird die feuchte Erde auf dein Gesicht fallen, in deinen offenen Mund, deine Nasenlöcher, deine Lungen eindringen. Du wirst wieder zu Erde werden und nie gewesen sein. Ich werde zurückkommen und mit eigenen Händen Erde auf deinen Körper häufen... Ahmed, mein Sohn, der Mann, den ich gebildet habe, ist tot. Und du bist nur eine Usurpatorin. Du stiehlst das Leben dieses Mannes. Du wirst an diesem Diebstahl sterben... Aus der Tiefe meines Exils bete ich unaufhörlich mit bereits schweren Augenlidern, mit bereits erstarrten Gedanken, die stillstehen, seitdem du Bleibe und Körper verläßt, Liebe und Schicksal vergißt, die Leidenschaft dieses Schicksals, das mein Wille geschmiedet hat, doch du warst seiner nicht würdig...»

Auf die Stimme des Vaters folgt nicht die Stimme, sondern nur das starre, vergrößerte, scheußliche Bild, das Bild eines von Krankheit verwüsteten Gesichts, das der Mutter. Sie sieht mich an, und ich erstarre auf der Stelle. Ich glaube, ihre Lippen bewegen sich, aber kein Laut entschlüpft ihnen. Ihre Falten bewegen sich und verleihen ihr einen Ausdruck großer Heiterkeit. Ihre Augen sind weiß, als habe sie der Himmel verdreht. Ich habe in ihnen sogar ein wenig Zärtlichkeit aufblitzen sehen, als habe die Besiegte sich ihrem Schicksal ergeben, in einem umherirrenden Schmerz, der bald das Herz und bald andere Glieder ergreift. Die Stimme ihres Mannes hört sie schon lange nicht mehr. Sie hatte ihre Ohren mit glühendem Wachs verstopft, sie litt darunter, aber sie zog die endgültige Stille dieser Stimme ohne Seele, Nachsicht oder Mitleid vor. Der Wahnsinn hatte mit dieser Taubheit begonnen, «einem kleinen Tod» sagte sie, aber damals verstand ich weder diesen Hinweis noch ihr Verstummen. Sie war verunstaltet und hatte auf alles verzichtet. Da sie weder lesen noch schreiben konnte, verbrachte sie ihre Zeit verschanzt in einem dunklen Zimmer, unverständliches Zeug vor sich hin murmelnd. Ihre Töchter hatten sie sich selbst überlassen. Ich wiederum hatte sie wie Luft behandelt. Jetzt weiß ich nicht, was ich tun soll.

Dieser dunkle, halblebendige, halbtote Stoff ist wie ein

durch die Nacht betäubtes Fluidum, das vom geringsten Lärm in Bewegung versetzt wird, aufwirbelt und Phantasiegestalten ausbildet. Ich liege mit offenen Augen da, um dieses düstere Gesicht nicht mehr sehen zu müssen; ich seufze, aber ich höre meine Mutter keuchen. Ich schließe die Augen; grelles Licht kreist mich ein, konfrontiert mich mit dem Bild dieser leidenden Frau; ich bin ohnmächtig, unfähig, mich zu bewegen, und vor allem kann ich die Augen nicht aufschlagen, um dieser Vision zu entgehen.

Ich weiß, dieses Gesicht wird immer da sein, solange meine Mutter leidet, bevor nicht eine gleichmütige, gute Hand sie aus diesem Gefängnis befreit, in das man sie nach und nach eingesperrt hat, in dem sie sich selbst ein Grab gegraben hat oder sich selbst niedergelegt hat in Erwartung des Todes oder eines geflügelten Paradiesboten, eingehüllt in Schweigen, mit der Absicht, Zeugin und Opfer eines Lebens zu sein, das sie nicht leben konnte, Märtyrerin einer Epoche, die sie gedemütigt, verletzt und ganz einfach verleugnet hat.

In diesem Land gibt es Frauen, die alle Ordnungen überspringen, herrschen, befehlen, führen, niedertrampeln: z. B. die alte Oum Abbas. Die Männer, und nicht nur ihr Sohn, haben Angst vor ihr. Sie behauptet, gleichzeitig zwei Männer gehabt zu haben; sie hat mir sogar eines Tages zwei Heiratsurkunden gezeigt, auf denen keine Scheidung verzeichnet ist. Das ist selten und merkwürdig, aber wenn man sie etwas kennt, erscheint es einem gar nicht verwunderlich.

Ich beschwöre die Gestalt dieser starken, rohen Persönlichkeit unter anderem herauf, um die Anwesenheit meiner Mutter in diesem verwirrenden Dunkel unschädlich zu machen. Wie ihr entkommen? Die Antwort drängt sich mir auf: durch Liebe. Unmöglich. Mitleid vielleicht, aber nicht Liebe.

Ein giftgrüner Schilfrohrteppich hebt mich hoch: ein von Farnkraut und anderem Grün getragener Garten dringt in dieser ausweglosen Nacht bis zu mir vor. Er schiebt das Gesicht meiner Mutter etwas weg, ohne es verschwinden zu lassen, und überflutet mich mit einer Licht- und Duftwelle. Ich atme tief ein, wohl wissend, daß dies nur ein Zwischenspiel innerhalb meiner Prüfung ist. Das Gras ist überall in den Raum eingedrungen, in dem ich sitze, nicht Spukgestalten ausgeliefert, sondern Wesen, die Gerechtigkeit, Liebe, Erinnerung fordern.

Als sich der Garten langsam zurückzieht, finde ich mich mit meiner jetzt beschwichtigten Mutter in einem öden Gelände wieder. In einer kaum beleuchteten Ecke steht ein kleines Krankenfahrzeug. Ich sehe es von hinten. Vielleicht ist es leer. Ich rühre mich nicht. Ich warte. Warum auch das Unheil heraufbeschöwren. Es ist stark genug, sich allein fortzubewegen und mich einzukreisen. Der Rollstuhl nähert sich. Ich sehe eine von zahlreichen senkrechten Einschnitten zerfurchte Stirn; der Mund ist von einem letzten krampfhaften Grinsen, dem Zeichen des letzten Schreis etwas verzerrt; der Körper schmächtig und steif; die Augen sind offen und starren ins Leere. Der kleine Stuhl fährt weg, dreht eine Runde, zieht Kreise, bleibt stehen, fährt zurück und schießt dann auf mich zu. Ich strecke die Arme aus, um ihn aufzuhalten; er bremst und fährt wieder los. Man könnte meinen, er werde von einer unsichtbaren Hand gelenkt oder automatisch aufgezogen. Ich sehe dem Treiben schweigend zu. Ich versuche, die Person zu erkennen, die sich derart vergnügt, aber die Bewegungen sind so schnell, daß ich es nur undeutlich aufblitzen sehe. Ich denke an Fatima und sehe ihre Leiche vor mir. Die Stirn ist nicht dieselbe. Der Tod hat sie verändert. Sie reitet jetzt auf einer Lagune, die das weiße, öde Gelände überflutet hat. Sie spricht nicht. Ich kann keinen Sinn in dieser ganzen Unruhe sehen.

Salem

Seit acht Monaten und vierundzwanzig Tagen ist der Erzähler jetzt verschwunden. Seine Zuhörer haben das Warten aufgegeben. Sie sind auseinandergegangen, als der Faden dieser Geschichte, der sie alle verbunden hatte, abgerissen war. Der Erzähler hatte nämlich, wie die Gaukler und Anbieter anderer Wunderdinge, den großen Platz räumen müssen, weil ihn die Gemeinde, auf Betreiben junger technokratischer Stadtplaner gesäubert hat, um einen Musikbrunnen zu errichten, aus dem jeden Sonntag zum Pa-Pa-Pa-Bum von Beethovens Fünfter Wasserstrahlen schießen. Der Platz ist sauber. Keine Spur mehr von Schlangenbeschwörern, Eselbändigern oder Gauklerlehrlingen, keine Spur mehr von Bettlern, die nach der Trockenheit aus dem Süden herkamen, von Quacksalbern, Nagel- und Nadelschluckern, von betrunkenen Tänzern oder einbeinigen Seilakrobaten, von magischen Djellabas mit fünfzehn Taschen, keine Straßenjungen mehr, die Unfälle unter Lastwagen vortäuschen, keine Beduinen mehr, die Kräuter und Hyänenleber zum Zaubern verkaufen, keine ehemaligen Huren mehr, die zur Hellseherei übergewechselt sind, keine schwarzen Zelte mehr, die das sorgfältig in den Tiefen des Gedächtnisses zu bewahrende Mysterium umschließen, keine Flötenspieler mehr, die die jungen Mädchen bezaubern, keine Bretterbuden mehr, die dampfgekochte Schafsköpfe zum Verzehr anbieten, keine zahnlosen, blinden Sänger ohne Stimme, die eigensinnig darauf beharren, die wüste Liebe zwischen Qass und Leila zu besingen, keine Spur mehr von Händlern, die den Söhnen aus guter Familie erotische Bilder zeigen, der Platz hat sich geleert. Er ist kein Schauplatz mehr. Er ist nur noch ein sauberer Standort für einen nutzlosen Springbrunnen. Den Bus- und Sammeltaxenbahnhof haben sie auch ans andere Ende der Stadt verlegt. Nur der Club Méditerranée ist an seinem Platz verblieben.

Der Erzähler ist vor Schwermut gestorben. Man hat seine Leiche neben einer versiegten Quelle gefunden. Er hielt ein Buch an die Brust gepreßt, das in Marrakesch gefundene Manuskript, das ganz persönliche Tagebuch von Ahmed-Zahra. Die Polizei ließ seine Leiche die vorgeschriebene Zeit im Leichenschauhaus und stellte sie anschließend der medizinischen Fakultät der Hauptstadt zur Verfügung. Das Manuskript aber wurde mit den Kleidern des alten Erzählers verbrannt. Wir werden den Schluß dieser Geschichte nie erfahren. Und dabei ist eine Geschichte doch dazu da, um bis zu Ende erzählt zu werden.

Das sagten sich Salem, Amar und Fatuma, drei müßige Alte, die sich seit der Säuberung des Platzes und dem Tod des Erzählers in einem winzigen, etwas zurückliegenden Kaffeehaus trafen, das der Bulldozer der Gemeinde verschont hat, weil es dem Sohn des Mokadem gehört.

Sie waren die treusten Zuhörer des Erzählers gewesen. Es fiel ihnen schwer, sich in die gewaltsame Unterbrechung zu fügen. Der schwarze Salem, Sohn eines Sklaven, der Anfang des Jahrhunderts von einem reichen Kaufmann aus dem Senegal mitgebracht worden war, schlug den beiden anderen vor, die Geschichte weiterzuerzählen. Amar und Fatuma nahmen ihm das krumm:

– Und warum gerade du und nicht wir?

– Weil ich in einer ähnlich großen Familie gelebt und gearbeitet habe, wie sie der Erzähler beschrieben hat. Es gab nur Töchter, und von Zeit zu Zeit kam ein entfernter Vetter, ein von der Natur nicht gerade begünstigter Zwerg, ins Haus. Er blieb mehrere Tage und ging nicht aus. Die Mädchen vergnügten sich sehr. Wir hörten sie die ganze Zeit lachen und wußten nicht, warum. Der Zwerg hatte nämlich einen ungeheuren sexuellen Appetit. Er kam, sie eine nach der anderen zu befriedigen, und verließ uns mit Geld und Geschenken überhäuft. Ich hatte hingegen bei ihnen keine Chance. Schwarz und Sohn eines Sklaven…

– Aber das hat mit unserer Geschichte nichts zu tun…

– Doch, doch… laßt mich euch erzählen, was aus Zahra, Lalla Zahra geworden ist… und danach sagt ihr mir eure Geschichte…, immer schön der Reihe nach.

– Aber du bist kein Erzähler… Du hast nicht das Zeug zu einem Si Abdel Malek, Friede seiner Seele:

– Ich verfüge nicht über seine Kunstfertigkeit, aber ich weiß doch einiges. Also, hört zu:

Die ganze Geschichte hat an Ahmeds Todestag begonnen. Denn wenn er nicht gestorben wäre, hätte man die ganzen Umstände nie erfahren. Die sieben Schwestern hatten sich in dem alten zerfallenen Haus versammelt. Sie riefen morgens die Totenwäscher herbei, und die entdeckten es: Kaum hatten sie das Zimmer betreten, um ihn zu waschen, stürzten sie wieder heraus und stießen Flüche gegen die Familie aus. Man hätte Wäscherinnen holen müssen, denn Ahmeds Körper war trotz allem der einer Frau geblieben. Die Schwestern hatten davon keine Ahnung. Nur der Vater, die Mutter und die Hebamme waren eingeweiht. Ihr könnt euch die Aufregung und den Schock der sieben Schwestern und der restlichen Familie vorstellen. Der alte Onkel, Fatimas Vater, war in seinem kleinen Krankenfahrzeug gekommen. Er weinte vor Wut, fuchtelte mit seinem Stock und verlangte, ins Zimmer des Toten getragen zu werden, damit er ihn schlage. Man brachte ihn zu Ahmeds Leiche, auf die er so heftig mit seinem Stock einschlug, daß er das Gleichgewicht verlor und auf ihn fiel. Er brüllte und schrie um Hilfe, weil seine Djellaba zwischen den Zähnen der Leiche festgeklemmt war. Er zog daran und verschob Ahmeds Kopf. Der umgekippte Wagen zwang den alten Onkel in eine anstößige Position, denn sein ganzer Körper lag über dem Ahmeds; es war eher lächerlich als erotisch. Bedienstete eilten herbei und richteten den sabbernden Krüppel auf. Sie konnten nicht umhin, ein Lachen zu unterdrükken. Beim Hochheben ihres Herrn sahen sie Ahmeds weiblichen Körper. Sie schrien erstaunt auf und trugen den unter Schockeinwirkung stehenden Greis schnell aus dem Zimmer.

Das Begräbnis wurde geheimgehalten. Etwas Seltsames und sogar von der Religion Verbotenes geschah, der Tote wurde nachts beerdigt. Man erzählt sich sogar, seine Leiche sei zerstückelt und an die Tiere im Zoo verteilt worden. Aber das glaube ich nicht, denn ich habe etwas anderes gehört. Sehr bald verbreitete sich das Gerücht, daß man auf dem Friedhof soeben einen Heiligen beerdigt habe, den sogenannten Heiligen der seligen Fruchtbarkeit, denn er verhelfe den Frauen dazu, mit Knaben niederzukommen. So habe ich erfahren, wie Heilige und ihre Legenden geboren werden. Dieser hier wurde sehr schnell, unmittelbar nach seinem Tod geboren. Normalerweise wartet man einige Jahre lang ab und stellt ihn sogar auf die Probe. Unser Heiliger brauchte das alles nicht. Er weilt jetzt im Paradies, und letztens habe ich gesehen, wie Maurer einen Marabut, ein Gewölbe, über seinem Grab errichteten. Ich habe mich erkundigt. Einer der Hilfsarbeiter hat mir erklärt, es handele sich um den neuen Heiligen. Ein reicher, mächtiger Mann, der jedoch anonym bleiben will, hat den Bau dieses kleinen Heiligtums beauftragt. Die Architektur ist merkwürdig. Über dem Gebäude erhebt sich nicht, wie bei den meisten Marabuts, eine Kuppel, sondern gleich zwei, die von weitem aussehen wie mächtige Frauenbrüste oder, man verzeihe mir den Vergleich, wie zwei fleischige Pobacken! Die Polizei hat bereits eine Untersuchung geführt. Sie tappt völlig im dunkeln. Da der Name des Auftraggebers nicht in Erfahrung zu bringen ist, enthält sie sich jeder Reaktion. Man sagt sich, daß es ein mächtiger Mann, eine hochgestellte Persönlichkeit sein muß. Ich bin übrigens sicher, daß es jemand von Bedeutung ist. Ich meine jemand, der Geld und Einfluß hat. Aber warum und mit welchem Ziel verschafft er dann Ahmed-Zahra auf diese Art postume Anerkennung? Kannte er ihn vorher? War er über die Tragödie seines Lebens unterrichtet? War es jemand aus der Familie? So viele unbeantwortete Fragen.

Was mich betrifft, so finde ich es wichtiger, in Erfahrung zu bringen, wie sich das Schicksal unserer Hauptfigur über den Tod hinaus erfüllt in einer Heiligenlegende, von einem mysteriösen Fremden erdichtet, als zu erraten, wie er den Scharlatanen des Wanderzirkus entflohen ist oder wie und durch wen er den Tod gefunden hat.

Doch ich weiß, was in den letzten Monaten seines Lebens geschah. Eigentlich ahne ich mehr, als ich weiß.

Sie schlief immer zusammengerollt mit zusammengepreßten Zähnen und zwischen den Schenkeln zusammengeballten Fäusten. Sie sagte sich, die Stunde der Verdammnis sei angebrochen und die Männer und Frauen, denen sie durch die Umstände bedingt Böses angetan hatte, würden sich rächen. Sie hatte keine Tarnmaske mehr. Sie war der rohen Gewalt schutzlos ausgeliefert.

Abbas, der Boß des Wanderzirkus, war körperlich und geistig eine Bestie. Er wog mehr als neunzig Kilo und zeigte seine Männlichkeit mit physischer Kraft, die er bei jeder Gelegenheit vorführte. Er schlug die Zirkuskinder mit einem Riemen, vergaß oft, sich zu waschen und zu rasieren, aber er verbrachte viel Zeit damit, seinen mächtigen Schnurrbart in Form zu bringen. Er sagte von sich, er habe die Kraft eines Türken, den Glauben eines Berbers, den Appetit eines arabischen Falken, den Scharfsinn eines Europäers und die Seele eines Vagabunden der Ebene, der die Hyänen an Falschheit übertrifft.

In Wirklichkeit war er Bergnomade, den sein Vater verflucht und sein Stamm ausgestoßen hatte, zusammen mit der

Mutter, die mörderische Hexerei betrieb. Aus Familie und Klan verbannt, taten sich Mutter und Sohn zu weiteren Schandtaten zusammen. Ihre völlige Skrupellosigkeit, ihr vorsätzlicher Wille, anderen zu schaden oder sie auf jeden Fall auszubeuten, zu bestehlen und sogar zu ermorden, machten sie zu einem gefährlichen Paar, zu allen Abenteuern bereit und zu jeder Niedertracht und List fähig, um seine Ziele zu erreichen. Sie blieben selten am selben Platz. Sie wechselten pausenlos ihren Standort, nicht etwa, um der Polizei zu entwischen – sie haben sie überall, wo sie hinkamen, bestochen –, sondern, um neue Opfer zu finden.

Abbas, der sich dem Zirkuspersonal gegenüber gewalttätig, herrisch und geringschätzig gab, wurde ganz klein, sanft und gehorsam in Gegenwart seiner Mutter oder eines beliebigen Vertreters der herrschenden Ordnung, dem er immer sofort seine Dienste anbot: Auf Wunsch wurde er zum Spitzel, zum Denunzianten oder genausogut zum Lieferanten junger unberührter Mädchen oder blutjunger Knaben für den Kaïd, das Dorfoberhaupt oder den Polizeichef. Abbas war der perfekte Schurke. Er senkte Kopf und Augen, wenn er zu einer Respektsperson sprach. Zu seiner Mutter hatte er eine seltsame Beziehung. Er schlief oft mit ihr im selben Bett und legte seinen Kopf zwischen ihre Brüste. Man erzählte sich, er sei nie der Brust entwöhnt worden und seine Mutter habe ihn bis in ein vorgerücktes Alter, weit über die Pubertät hinaus, genährt. Seine Mutter liebte ihn gewaltsam. Sie schlug ihn mit einem Nagelstock und sagte ihm, er sei ihr Mann, ihr einziger Mann. Sie dressierte ihn darauf, in die Berge zurückzugehen und Unheil über die ganze Familie, insbesondere den Vater, zu bringen. Er trainierte, schmiedete Pläne, arbeitete an Giftformeln für die Nahrung und sogar für den Brunnen, den einzigen Dorfbrunnen. Er war besessen von der Vorstellung eines perfekten Blutbades. Er sah sich triumphierend, mit seiner Mutter auf dem Rücken, auf die Leichen der Stammesangehörigen steigen. Sie würde hinter der Schulter ihres Sohnes hervorspähen und das Werk ihrer geliebten Brut bewundern.

Sie träumten alle beide von genau diesem Augenblick; seine Mutter gestand ihm, daß die Vorstellung sie mit Wonne erfülle. Sie erhob sich und stieg auf ihren Sohn, der sie aufnahm und im Zimmer umherlief. Der Sohn hatte einen Steifen wie ein Stier, er setzte seine Mutter ab, rannte ins Freie und erleichterte sich hinter einem Wohnwagen, vorzugsweise hinter dem von Zahra. Eines Tages drückte er die Tür ein und weckte die neben Zahra schlafenden Mädchen. Er verjagte sie und blieb allein mit ihr zurück. Sein Serual stand offen. In der einen Hand hielt er sein Glied, in der anderen ein Messer. Er brüllte, forderte Zahra auf, ihn gewähren zu lassen: «Von hinten, du dummes Stück, gib mir deinen Arsch, sonst hast du ja nichts, du hast keinen Busen und für mich hat dein Schlitz nichts Aufregendes. Her mit deinem Hintern... Jetzt wirst du was erleben. Bisher hast du das ganz alleine gemacht, ich werde dir beibringen, wie man es zu zweit macht...»

Er stürzte sich auf sie, doch noch bevor er in sie eindrang, stieß er ein wütendes Röcheln aus und verspritzte seinen Samen. Zahra bekam einen Messerstich in den Rücken. Abbas zog, sie laut verfluchend, ab und ging sich zwischen die Brüste seiner Mutter ausweinen.

Einige Minuten später kam er mit Handschellen zurück, befestigte Zahras Arme an den Fensterstäben und tat ihr mit einem alten Stock Holz Gewalt an.

Zahra war keine ‹Prinzessin der Liebe› mehr; sie tanzte nicht mehr; sie war kein Mann mehr; sie war keine Frau mehr, sondern ein Zirkusvieh, das die Alte in einem Käfig zur Schau stellte. Ihre Hände waren gefesselt, ihr Kleid genau am Oberkörper zerrissen, so daß man ihre kleinen Brüste sah, Zahra hatte die Sprache verloren. Sie weinte, und die Tränen rannen über ihr Gesicht, auf dem der Bart nachgewachsen war. Sie war jetzt die bärtige Frau, die man aus allen Ecken der Stadt angaffen kam. Die Neugier der Leute kannte keine Grenzen, keine Scheu. Sie zahlten viel, um an den Käfig heranzukommen. Manche warfen ihr Erdnüsse zu, andere Rasierklingen, wieder andere spuckten angeekelt aus. Zahra brachte Abbas und seiner Mutter viel Geld ein. Ihr Verstummen beunruhigte die beiden. Nachts kettete die Alte sie los, gab ihr Essen und begleitete sie auf die Toilette. Sie bestand darauf, sie einmal wöchentlich eigenhändig zu waschen. Sie schüttete ihr Wasser über den Körper, streichelte sie dabei, befühlte ihr Geschlecht und sagte ihr Bosheiten: «Ein Glück, daß wir da sind. Wir haben dich gerettet! Ein ganzes Leben lang hast du die Identität einer anderen Person mißbraucht, wahrscheinlich die eines von dir ermordeten Mannes. Jetzt tust du gut daran, zu gehorchen und uns gewähren zu lassen. Ich verstehe nicht, was mein einfältiger Sohn an dir findet. Hast keinen Busen, bist mager, deine Pobacken sind schmächtig und eingefallen, selbst ein Junge ist geiler als du. Übrigens, wenn ich mit der Hand über deine Haut fahre, fühle ich nichts. Holz. Während ich bei den anderen Mädchen, selbst den häßlichsten, Lust verspüre. Wenn du dich weiterhin weigerst zu reden, werde ich dich der Polizei ausliefern. Unsere Polizei versteht es, Stumme zum Sprechen zu bringen. Und stumme Frauen bringt sie zum Schreien…»

In einer Vollmondnacht hatte Zahra eine Vorahnung, daß Abbas kommen und sich auf sie stürzen werde. Mit ihrer freien Hand hob sie zwei von Zuschauern in den Käfig geworfene Rasierklingen auf. Sie zog sich aus, wickelte die beiden Klingen in einen Stoffetzen, den sie gut sichtbar zwischen ihre Pobacken legte und erwartete auf dem Bauch liegend den Besuch der Bestie. Sie hatte in einer alten Illustrierten gelesen, daß die Frauen im Indochinakrieg auf diese Methode zurückgegriffen hatten, um die feindlichen Soldaten zu töten, die sie vergewaltigten. Es war auch eine Form von Selbstmord.

Wie eine tonnenschwere Masse fiel Abbas' Körper auf Zarah, sein Glied wurde zerspalten. Aus Schmerz und Wut erwürgte er sie. Zahra erstickte im Morgengrauen, und ihr Vergewaltiger verblutete.

So starb Ahmed. So endete Zahras – kurzes – Leben.

Salem schien sehr mitgenommen von seiner eigenen Erzählung. Er seufzte lang, erhob sich und sagte zu Amar und Fatuma:

– Entschuldigt, ich wollte euch das Ende nicht erzählen. Aber als ich es erfuhr, war ich so erschüttert, daß ich überall einen Mitwisser suchte, um nicht der einzige Treuhänder einer solchen Tragödie zu sein. Jetzt fühle ich mich besser. Ich bin erleichtert.

Amar schaltete sich ein:

– Setz dich! So einfach wirst du nicht davonkommen. Deine Geschichte ist abscheulich. Ich bin sicher, du hast alles erfunden und hast dich sowohl mit Abbas als auch mit der unglücklichen Zahra identifiziert. Du bist pervers. Du träumst davon, junge Mädchen oder Knaben zu vergewaltigen, und da du dich dessen schämst, bestrafst du dich auf asiatische Art... Ich kenne das Ende dieser Geschichte. Ich habe das Manuskript gefunden, das uns der Erzähler vorlas. Ich werde es euch morgen mitbringen. Ich habe es den Krankenpflegern im Leichenschauhaus abgekauft.

Fatuma sagte nichts. Sie lächelte flüchtig, erhob sich und hob die Hand, wie um ‹bis morgen!› zu sagen.

Amar

An jenem Tag ballten sich die Wolken zusammen, bildeten einen fast vollkommenen Kreis und lösten sich langsam in malvenfarbene und rote Tinte auf. Ein leichter Nebel blieb hängen. Die Leute schlenderten ohne bestimmten Grund auf den großen Alleen hin und her. Manche hatten sich ins Kaffeehaus gesetzt. Sie plauderten. Sie sagten nichts bestimmtes. Die kleinen Dinge des täglichen Lebens. Sie sahen den vorbeigehenden jungen Mädchen zu. Einige machten schlüpfrige Bemerkungen über den Gang einer Frau oder den Hängepo einer anderen. Andere lasen zum ersten- oder wiederholtenmal eine leere Zeitung. Von Zeit zu Zeit erwähnten sie die Ausdehnung der männlichen Prostitution in der Stadt. Sie zeigten mit dem Finger auf einen europäischen Touristen, der von zwei jugendlichen Schönlingen flankiert wurde. Die Leute reden gern über andere. Hier sind sie verrückt nach Bettgeschichten. Sie sprechen die ganze Zeit davon. Unter denen, die sich vorher über den englischen Homosexuellen lustig gemacht haben, kenne ich einige, die gerne heimlich mit ihm oder ganz einfach miteinander schlafen würden. Es fällt ihnen leichter, es zu tun, als darüber zu reden oder zu schreiben. Hier im Land verbietet man Bücher über Prostitution, aber man tut nichts, um jenen gefallenen Töchtern der Landflucht Arbeit zu verschaffen, auch krümmt man den Zuhältern kein Haar. Also wird in den Kaffeehäusern geredet. Man reagiert sich auf die Typen ab, die über den Boulevard schlendern, und abends sieht man sich im Fernsehen eine endlose ägyptische Serie an: Lockruf der Liebe, in der sich Männer und Frauen lieben, hassen, zerfleischen und niemals anfassen. Ich sage euch, Freunde, wir leben in einer scheinheiligen Gesellschaft. Ich brauche es nicht näher zu erklären: Ihr wißt wohl, daß die Fäulnis ganze Arbeit geleistet hat und weiterhin langsam und unwiederbringlich unsere Körper und Seelen verwüstet. Mir gefällt das arabische Wort für Fäulnis الرسوس Es bezieht sich auf Stoffe, die ihre Substanz verlieren und keine Konsistenz mehr haben, wie zum Beispiel das Holz, das die äußere Hülle beibehält, es wahrt den Schein, ist aber innen hohl, es ist nichts mehr drin, es ist von innen ausgehöhlt. Kleine, wirklich winzige Tierchen haben alles unter der Rinde zernagt. Freunde, ihr dürft mich vor allem nicht bedrängen. Ich bin nur ein leeres Gerüst; innen gibt es noch ein Herz und Lungen, die trotz allem weiterarbeiten. Sie leiden eher an Überdruß als an Erschöpfung. Und ich bin verloren. Gestern, nach der Geschichte, die uns Salem berichtet hat, bin ich in die Moschee gegangen, nicht um zu beten, sondern um mich in einer stillen Ecke zu sammeln, ich wollte verstehen, was uns geschieht. Stellt euch vor, ich wurde mehrmals von einer Art Wache aufgeschreckt; sie durchsuchten mich und überprüften meine Identität. Ich hatte große Lust, ihnen zu sagen: Der Islam, den ich in mir trage, ist unauffindbar, ich bin ein einsamer Mann, und die Religion interessiert mich nicht wirklich. Aber ich hätte bei der Erwähnung der Namen von Ibn Arabi oder el Hallaj vielleicht Schwierigkeiten bekommen. Sie hätten geglaubt, es handele sich um exilierte politische Führer, Moslembrüder, die die Macht im Land an sich reißen wollen. Ich bin aufgestanden und nach Hause gegangen. Glücklicherweise waren die Kinder nicht da. Wahrscheinlich spielten sie alle gerade in unbebautem Gelände mit Sand und Steinen. Ich habe mich konzentriert und lange an den armen Ahmed gedacht. Ich werde ihn nicht Zahra nennen. Denn im Manuskript unterschreibt er nur mit seinem Anfangsbuchstaben A. Natürlich könnte das Aischa heißen oder Amina, Atika, Alia, Assia… Aber bleiben wir bei Ahmed. Er hat in der Tat das Haus verlassen und sich von allem getrennt. Die Versuchung war groß, sich in das Wanderzirkusabenteuer mitreißen zu lassen. Aber ich glaube, er hat etwas anderes getan.

Mutter und Sohn mit ihren von Haß – Haß auf sich selbst und auf die anderen – verwüsteten Gesichtern hatten keines ihrer krummen Dinger mehr im Griff. Sie versuchten, Ahmed in einen illegalen Handel zu verwickeln, waren aber offensichtlich nicht mehr glaubwürdig, irrten sich ständig, widersprachen und stritten sich ungewöhnlich heftig. Ahmed entschloß sich dann endlich zur Flucht, unter anderem aufgrund eines mit blanken Waffen ausgetragenen Handgemenges zwischen Mutter und Sohn. Anlaß war ein verlorenes Fläschchen, in dem die Alte ein Hyänengehirn in Pulverform aufbewahrt hatte. Sie forderte den Sohn heraus, indem sie ihn anschrie:

– Hurensohn, Schwulensohn, du bist kein Mann, komm und schlag dich, komm verteidige das kleine Quentchen Männlichkeit, das ich dir bei deiner Geburt gnädig zugesteckt habe.

– Wenn du eine Hure bist, antwortete er, so bin ich nur dein Sohn, und die Hurensöhne sind weniger verrottet als ihre Mütter...

– Was hast du mit dem schwarzen Fläschchen gemacht... Deinetwegen geht mir ein glänzendes Geschäft durch die Lappen: Du hast es bestimmt dieser alten Tunte gegeben, die dir den Arsch hinhält... Du bist der unwürdige Sohn einer großen Dame...

– Ich will mich nicht schlagen..., nicht mit dir.

Sie warf ein Messer in seine Richtung, und es streifte ihn an der Schulter. Der Sohn fing an zu weinen und flehte um Verzeihung. Er war wirklich häßlich. Sie waren alle beide unerträglich häßlich, ohne jede Würde. Weder Mutter noch Sohn, sondern zwei Ungeheur, die Ahmed mit solchem Grauen erfüllten, daß er mit einem Fluch auf die unsichtbare Hand, die ihn auf diesen Weg geführt hatte, die Flucht ergriff. Die Alte spie auf ihren Sohn und verfolgte gleichzeitig Ahmed. Sie hatte ihn fast eingeholt, als sie auf einer nassen Fliese ausrutschte; dieser Umstand rettete Ahmed aus den Fängen jener Verrückten. Diese Art von Verhältnis zwischen Mutter und Sohn war für ihn unvorstellbar. Er erinnerte sich an seine eigenen Beziehungen zu seinen Eltern und bedauerte seine Härte, sein Schweigen und seine Ansprüche sehr. Er sagte sich, daß er weder Herr sei über den Haß, der ihn von seiner armen Mutter fernhielt, noch über die Leidenschaft, die er seinem gleichzeitig bewunderten und gefürchteten Vater entgegengebracht hatte. Er begann, sich wegen der zynischen Episode seiner Scheinheirat mit der armen Base zu hassen.

Die ganze Nacht irrte er durch die Stadt. Bei Tagesanbruch ging er zum Friedhof und suchte Fatimas Grab. Es war ein vernachlässigtes, zwischen zwei dicke Steine eingezwängtes Grab. Er dachte an sie und verspürte Gewissensbisse, ein Gefühl, das er schon lange nicht mehr gehabt hatte. Es war, als komme er nach langer Abwesenheit von einer anstrengenden Reise oder nach langer Krankheit zurück. Als er sich vor diesem Grab sammelte, verlor er schließlich nach und nach Fatimas Bild, ihr Gesicht zersetzte sich, ihre Stimme wurde unhörbar, ihre Schreie vermengten sich mit dem Wind. Unmerklich verlor er dieses Gedenken, die Erinnerungen fielen ab, zerbröckelten. Es schien, als halte er altbackenes Brot in Händen und zerkrümele es zum Taubenfüttern. Eigentlich grauste ihm vor Friedhöfen. Ihm war unverständlich, warum man sie nicht verdeckte, warum man sie nicht versteckte. Für ihn waren sie verseuchte Orte, seiner Meinung nach war es sinnlos, die Illusion einer Anwesenheit aufrechtzuerhalten, da selbst das Gedächtnis irrt, uns so sehr foppt, daß es uns sogar künstliche Erinnerungen an nichtexistente Wesen liefert, und uns in eine Wolke einsperrt, wo es weder Widerstand gegen den Wind noch gegen die Worte geben kann. Er zweifelte allmählich an Fatimas Existenz und wollte nicht glauben, daß er dorthin gekommen war, um zu ihrer Seele zu beten. Die durchirrte Nacht, der Mangel an Schlaf und die Erschöpfung durch die ziel- und rastlose Flucht störten seine Wahrnehmung. Er verließ den Friedhof, als treibe ihn ein heftiger Wind hinaus. Er fühlte, daß ihn jemand kraftvoll wegstieß. Er widersetzte sich nicht. Er ging rückwärts, stolperte über einen Stein und fand sich niedergestreckt wieder in einem genau seinem Körper angemessenen Grab. Er konnte nur unter Schwierigkeiten aufstehen. Kurz durchzuckte ihn die Vorstellung, zum Schlafen dort liegenzubleiben. Vielleicht würde ihn der Tod sanft und ohne Wehmut in die Arme nehmen. So liegenbleiben, wie um ihn zu bändigen, sich mit der feuchten Erde vertraut zu machen und so von vornherein zärtliche Beziehungen zu knüpfen. Doch der Wind war roh. Er hob ihn hoch. Ahmed ging verbittert und traurig von dannen. Seine ersten Schritte als stolzer Verführer waren vom Tod oder zumindest vom Wind, der ihn trägt und beseelt, zurückgewiesen worden. Er sagte sich, er gehöre weder ins Leben noch in den Tod, so wie er im ersten Teil seiner Geschichte weder ganz Mann noch ganz Frau gewesen war. Er hatte keine Energie, keine Kraft mehr, sein Bild zu ertragen. Das schlimmste war, er wußte nicht mehr, was oder wem er ähnelte. Kein Spiegel warf ihm mehr ein Bild zurück. Sie waren alle erloschen. Nur Dunkelheit, nur Finsternis mit einigen Lichtschraffierungen drückten sich in den Spiegeln aus. Von diesem Augenblick an wußte er sich verloren. Er konnte nicht einmal mehr ein Gesicht suchen, in dem er sich sehen könnte, Augen, die ihm sagen würden: «Du hast dich verändert, du bist nicht mehr derselbe wie gestern; du hast weiße Haare an den Schläfen, du lächelst nicht mehr, deine Augen sind erloschen; dein Blick ist verwüstet; der Rotz hängt dir aus der Nase; du bist fertig, fix und fertig; dich gibt's nicht mehr; du existierst nicht; du bist eine Täuschung, eine Abwesenheit, nur eine Handvoll Asche, einige Kieselsteine, Glasscherben, ein bißchen Sand, ein hohler Baumstamm. Dein Gesicht verweht, versuche nicht, es zu bewahren, es vergeht, versuche nicht, es zu halten, es ist besser so, ein Gesicht weniger, ein fallender, am Boden rollender Kopf, laß ihn etwas Staub, etwas Moos ansetzen, laß ihn am anderen Ende deines Denkens anlangen, und wenn er in eine Arena oder einen Zirkus rollt, na wenn schon, er wird rollen bis zur Fühllosigkeit, bis zum letzten Funken Leben, der noch in dir sprüht...»

Ein Scharlatan, dem er sein Unglück anvertraute, erbot sich, ihm aus Indien einen besonderen Spiegel zu besorgen, der für den Blick ohne Gedächtnis erdacht wurde.

– In diesem Spiegel, sagte er ihm, wirst du dein Gesicht und deine Gedanken sehen. Du wirst sehen, was den anderen bei deinem Anblick verborgen bleibt. Es ist ein Spiegel für die Tiefen der Seele, für das Sichtbare und das Unsichtbare. Es ist das kostbare Gerät, das den Prinzen des Orients die Rätsel entwirrte. Glaub mir, mein Freund, deine Rettung naht, denn du wirst darin die Gestirne erblicken, die das Reich der Geheimnisse bewachen...

– Wer sagt dir, antwortet er ihm, daß ich gerettet werden will? Ich möchte sogar endgültig das Gesicht und sein Bild verlieren. Bereits jetzt fahre ich manchmal nach einer langen Nacht des Nachdenkens und Herumirrens mit der Hand über die Wangen und fühle nichts... meine Hand durchstreift die Leere. Es ist ein Eindruck, den du nicht nachvollziehen kannst, es sei denn, du bist ein erfahrener Kifraucher... und selbst dann nur, wenn du die Verwirrung der Namen und die Verdoppelung der Körper erfahren hast. Aber das alles ist zu hoch für dich. Geh, ich brauche nur Stille und die große Decke der Finsternis. Ich brauche keinen Spiegel mehr... und außerdem weiß ich, daß deine Geschichte erlogen ist..., in meiner Kindheit spielten wir mit diesen indischen Spiegeln... Wir entfachten Feuer damit!...

Er hing lange Zeit herum. Seine körperliche und geistige

Ermattung machte ihn zu einem vorbeihuschenden Schatten, dem die Leute nicht die geringste Aufmerksamkeit schenkten. Diese Gleichgültigkeit war ihm recht, denn, wie hatte er noch geschrieben, «ich bin auf dem Weg zu Anonymität und Erlösung».

Man könnte sagen: In diesem Stadium verlor man ihn aus den Augen. Aber kein menschliches Auge richtete sich so auf ihn, daß es ihn hätte verlieren können. Sein Ziel war, sich selbst endgültig aus den Augen zu verlieren und vor allem nicht länger wie eine Korantafel von den Fluten der Zeit getragen zu werden.

Ich weiß nicht, wie er überlebte, ob er aß oder nicht, ob er schlief oder nicht. Seine letzten Eintragungen sind unklar. Lebte er noch in diesem Land oder war es ihm gelungen, heimlich ein Frachtschiff zu besteigen, das zum Ende der Welt segelt? Dieser Gedanke kommt mir, weil er an einem bestimmten Punkt von einer Dunkelheit spricht, die «auf hohen Wellen reitet».

Ich sehe diesen Leib, der seiner Gefangenschaft in einem anderen Körper überdrüssig ist, eher auf den Wellen der fernen Meere als in einer jener verrufenen Kneipen, wo sich die Seele in schlechtem Wein und in der Not derer auflöst, denen nur noch die Feigheit bleibt, sich zu betrinken, um eines unbedeutenden Todes zu sterben.

Nach der Störung der häuslichen Ordnung und seinem Weggang von zu Hause war er zu allen Abenteuern bereit mit dem Ziel, diese überalterte und mühselige Komödie zu beenden. Damals schrieb er:

> «Der Tod hat viele offene Fragen gelöst. Meine Eltern sind nicht mehr da, um mich an meine Pflicht als Hüter des Geheimnisses zu erinnern. Es wird Zeit, daß ich erfahre, wer ich bin. Ich weiß, ich habe einen Frauenkörper, auch wenn bezüglich der äußeren Erscheinung ein leichter

Zweifel bestehen bleibt. Ich habe einen Frauenkörper; das heißt, ich habe ein weibliches Geschlechtsteil, auch wenn es nie benutzt wurde. Ich bin eine alte Jungfer, die nicht einmal das Recht auf die Ängste einer verwelkten Unschuld hat. Mein Verhalten ist das eines Mannes, oder, besser gesagt, man hat mir beigebracht, wie ein Wesen zu handeln und zu denken, das der Frau von Natur aus überlegen ist. Alles machte mir das möglich: die Religion, die Koranschrift, die Gesellschaft, die Tadition, die Familie, das Land... und ich selbst...

Ich habe kleine – von Jugend auf verdrängte – Brüste, aber eine Männerstimme. Meine Stimme ist tief, sie verrät mich. Von nun an werde ich gar nicht mehr oder nur noch mit der Hand vor dem Mund sprechen, so als hätte ich Zahnschmerzen.

Ich habe ein zartes, aber von einem Bart überzogenes Gesicht.

Ich habe Nutzen gezogen aus den Erbschaftsgesetzen, die den Mann gegenüber der Frau begünstigen. Ich habe zweimal mehr geerbt als meine Schwestern. Doch dieses Geld interessiert mich nicht mehr. Ich überlasse es ihnen. Ich möchte dieses Haus verlassen, ohne auch nur die geringste Spur der Vergangenheit hinter mir herzuschleifen. Ich möchte hinaus, um wiedergeboren zu werden, eine Geburt im fünfundzwanzigsten Lebensjahr ohne Eltern, ohne Familie, aber mit einem weiblichen Vornamen, mit dem Körper einer Frau, der all dieser Lügen auf ewig ledig ist. Vielleicht werde ich nicht lange leben. Ich weiß, daß in mein Schicksal gewaltsam eingebrochen wird, weil ich, wenn auch mit wenig eigenem Willen, mit einem Betrug an Gott und seinen Propheten gespielt habe. Nicht an meinem Vater, für den ich eigentlich nur ein Mittel war, eine Gelegenheit zur Rache, eine Herausforderung an das Verhängnis. Mir war klar, daß ich ein wenig spielte. Noch heute stelle ich mir manchmal vor, welches Leben ich wohl gehabt hätte, wäre ich nur eine von mehreren Töchtern gewesen, eine Tochter mehr, die achte, eine weitere Ursache für Angst und Unheil. Ich glaube, ich hätte nicht so leben und all das auf mich nehmen können, was meine Schwestern, wie alle anderen Mädchen in diesem Land, erdulden. Ich halte mich nicht für besser, aber ich fühle in mir eine solche Willenskraft, etwas so Aufrührerisches, daß ich wahrscheinlich alles über den Haufen geworfen hätte. Ach, wie verarge ich es mir jetzt, meine Identität nicht früher enthüllt und die Spiegel nicht vorher zerbrochen zu haben, die mich vom Leben fernhielten. Ich wäre eine alleinstehende Frau, die in aller Klarheit über ihre Einsamkeit verfügt. Ich spreche von gewählter, erkorener Einsamkeit, gelebt wie eine Begierde nach Freiheit und nicht wie eine von Familie und Sippe erzwungene Abgeschiedenheit. Ich weiß, in diesem Land sind einer alleinstehenden Frau alle Türen verschlossen. In einer moralischen, gut strukturierten Gesellschaft ist nicht nur jeder an seinem Platz, sondern es gibt auch einfach keinen Platz für denjenigen oder diejenige – vor allem diejenige –, die bewußt oder irrtümlich, aus Auflehnung oder Unwissenheit die Ordnung verrät. Eine alleinstehende Frau, eine Ledige oder Geschiedene, eine unverheiratete Mutter ist in jeder Hinsicht eine Ausgestoßene. Das im Schatten des Gesetzes gezeugte, das aus einer nicht anerkannten Bindung hervorgegangene Kind wird bestenfalls in das Findelhaus aufgenommen, wo die schlechten Früchte aufgezogen werden, die Früchte der Lust, kurz des Verrats und der Schande. Ein heimliches Gebet wird erflehen, daß dieses Kind zu den hunderttausend Säuglingen gehören möge, die jedes Jahr aufgrund fehlender Fürsorge, mangelnder Ernährung oder göttlicher Verdammnis sterben! Dieses Kind wird keinen Namen tragen. Es wird ein Sohn der Straße und der Sünde sein und die verschiedenen Stufen des Unglücks durchlaufen müssen.

Am Ausgang jeder Stadt sollte man einen Teich ausheben, der tief genug ist, die Leichen jener Kinder des Fehltritts aufzunehmen. Er müßte Teich der Befreiung heißen. Die Mütter kämen vornehmlich nachts dorthin, bänden ihren Nachwuchs an einem von einer wohlmeindenden Hand dargereichten Stein fest und setzten mit einem letzten Schluchzen das Kind ab, das – möglicherweise unter Wasser – verborgene Hände bis zum Ertrinken nach unten zögen. All dies geschähe offenkundig und vor aller Augen, aber es wäre unschicklich, ja verboten, darüber zu reden oder das Thema auch nur andeutungsweise anzusprechen.

Die Gewalttätigkeit meines Landes liegt auch in diesen geschlossenen Augen, diesen abgewandten Blicken, diesem eher resignierten als gleichgültigen Schweigen.

Heute bin ich eine alleinstehende Frau. Eine alte alleinstehende Frau. Mit meinen fünfundzwanzig Jahren gehe ich davon aus, daß mein Alter zumindest ein halbes Jahrhundert beträgt. Zwei Leben mit zwei Sichtweisen und zwei Gesichtern, aber dieselben Träume, dieselbe tiefe Einsamkeit. Ich halte mich nicht für unschuldig. Ich glaube sogar, zu einer Gefahr geworden zu sein. Ich habe nichts mehr zu verlieren und so vieles wiedergutzumachen.

Ich mißtraue meinem Vermögen an Wut, Zorn und auch zerstörerischem Haß. Nichts hält mich mehr zurück, ich habe nur ein wenig Angst vor meinen zukünftigen Unternehmungen. Ich habe Angst, denn ich weiß nicht genau, was ich tun werde, doch ich bin entschlossen, es zu tun.

Ich hätte natürlich in jenem Käfig verbleiben können, aus dem ich Befehle erteilt und die Familiengeschäfte geleitet habe. Ich hätte mich mit dem Status des mächtigen, fast unsichtbaren Mannes begnügen können. Ich hätte sogar ein noch höher gelegenes Zimmer mit besserer Sicht über die Stadt bauen können. Aber damit wären mein Leben, meine Nächte, mein Atem, meine Wünsche, meine Gelüste verbannt gewesen. Seither verabscheue ich die Wüste, die verlassene Insel, das kleine, einsam im Wald gelegene Haus. Ich will hinausgehen, die Menschen sehen, die schlechten Gerüche dieses Landes und auch den Duft seiner Früchte und Pflanzen atmen. Hinausgehen, bedrängt werden, in der Menge sein und spüren, wie eine Männerhand ungeschickt meinen Hintern streichelt. Viele Frauen empfinden es als sehr unangenehm. Das verstehe ich. Für mich wäre es die erste unbekannte Hand, die meinen Rükken oder meine Hüften berührt. Ich würde mich nicht umdrehen, um nicht das zu dieser Hand gehörende Gesicht zu sehen. Sähe ich es, so wäre ich wahrscheinlich entsetzt. Doch schlechte Umgangsformen, schlüpfrige Gesten können manchmal einen Hauch von Poesie haben, gerade soviel, daß man nicht zornig wird. Ein kleiner Zug, der nicht gegen die Erotik meines Volkes spricht. Es waren die Reisenden aus Europa, die jene Erotik am besten gespürt, in Malerei und Literatur am besten ausgedrückt haben, auch wenn sich hinter all dem der leichte Zeigefinger weißer Überlegenheit streckte und ihre Schritte lenkte.

Ich weiß, es ist mehr von Sexualität als von Erotik die Rede, und die Liebe wird in einer derart schmachtenden Sehnsucht ertränkt, daß sie mich auf ewig anwidert.

Jetzt verstehe ich, warum mich mein Vater nicht ausgehen ließ. Er wollte um jeden Preis das Mysteriöse meiner Existenz verdichten. Irgendwann verlor er das Vertrauen in mich. Ich hätte ihn verraten, zum Beispiel splitternackt ausgehen können. Es hätte geheißen: «Eine Verrückte!» Die Leute hätten meine Blöße bedeckt und mich nach Hause gebracht. Diese Idee spukte mir im Kopf herum. Aber warum einen Skandal entfachen? Mein Vater war krank. Meine Mutter verschloß sich in ihre Sprachlosigkeit. Meine Schwestern lebten in ungetrübter Mittelmäßigkeit. Und ich litt. Ich war zur Gefangenen meines Schicksals geworden.

Nach dem Tod meiner Eltern fühlte ich mich erlöst, ungewohnt frei. Nichts hielt mich mehr in diesem Haus. Ich konnte endlich hinaus, weggehen, um nie wiederzukehren.

Ich war soweit, mir Gedächtnisverlust zu wünschen, ich wollte entweder meine Erinnerungen nacheinander verbrennen oder sie wie einen Haufen totes Holz aufschichten, mit einem durchsichtigen Faden zusammenschnüren oder, besser noch, mit einem Spinnennetz umhüllen und auf dem Marktplatz lossschlagen. Sie gegen ein wenig Vergessen, ein wenig Frieden und Stille verkaufen. Wenn sie niemand will, sie wie fehlgeleitete Gepäckstücke liegenlassen. Ich sah mich schon den Reichtum, die Besonderheit, Kostbarkeit und auch Merkwürdigkeit meiner Erinnerungen rühmen. Eigentlich paßte ich schlecht auf diesen Gedächtnismarkt, auf dem man Erinnerungen verschenkt, austauscht und manchmal zu Staub zerfallen oder sich in Rauch auflösen läßt. Das wäre zu einfach.

Hinaustreten, den Kopf in den Nacken geworfen, weitergehen, in den Himmel blicken, gegen Abend überraschend ein Gestirn aufgehen, einen Stern seine Bahn verfolgen sehen und nicht mehr denken. Eine verschwiegene Stunde, eine geheime Straße, ein sanftes Licht, eine Landschaft aussuchen, in der liebende Wesen ohne Vergangenheit, ohne Geschichte sitzen wie in jenen persischen Miniaturen, wo alles wunderbar der Zeit entrückt scheint. Ach könnte ich diese Dornenhecke, diese allgegenwärtige Mauer überspringen, die mir zuvorkommt und den Weg versperrt, könnte ich sie um den Preis einiger Wunden durchqueren und einen Platz in dieser Miniatur aus dem elften Jahrhundert einnehmen. Engelshände setzten mich in aller Stille auf diesem kostbaren Teppich ab, ohne den alten Erzähler zu stören, einen Weisen mit großem Fingerspitzengefühl in der Liebe. Ich sehe ihn gerade die Hüften eines jungen Mädchens streicheln, das sich ihm beglückt hingibt, ohne Furcht, ohne Gewalt, in Liebe und Sittsamkeit...

So viele Bücher sind geschrieben worden über die Körper, die Freuden, die Düfte, die Zärtlichkeit, die Sanftheit der Liebe zwischen Mann und Frau im Islam... alte Bücher, die heute niemand mehr liest. Wohin ist der Geist dieser Poesie entschwunden.

Hinausgehen und vergessen. Der Zeit entrückte Orte aufsuchen. Und warten. Vorher erwartete ich nichts oder, besser, mein Leben wurde von der Strategie des Vaters geregelt. Ich häufte die Dinge an, ohne warten zu müssen. Heute werde ich den Luxus des Wartens haben. Egal auf was oder wen. Ich werde wissen, daß Warten eine Zeremonie, ein Zauber sein kann und daß ich aus der Ferne ein Gesicht oder eine Hand auftauchen lassen werde. Ich werde vor dem Linie und Farben wechselnden Horizont sitzen und sie streicheln, ich werde sie schwinden sehen; durch sie wird in mir der Wunsch entstehen, langsam vor diesem Himmel zu sterben, der sich entfernt...?»

So, Freunde, ist Ahmed-Zahra dahingeschieden: mit dem Gesicht gen Himmel, vor dem Meer, von Bildern umgeben, in der Sanftheit der von ihm geschriebenen Worte, in der Zärtlichkeit der von ihm erhofften Gedanken... Ich glaube, er hat sein Terrassenzimmer auf dem Dach des großen Hauses nie verlassen. Er hat sich dort inmitten alter arabischer und persischer Handschriften über die Liebe dem Tod überlassen, ertränkt im Lockruf der seiner Vorstellungskraft entsprungenen Lust, ohne je Besuch zu empfangen. Tagsüber hatte er seine Tür verriegelt. Nachts schlief er auf der Terrasse und unterhielt sich mit den Gestirnen. Sein Körper bedeutete ihm wenig. Er ließ ihn dahinsiechen. Er wollte die Zeit besiegen. Ich denke, es ist ihm in den letzten Augenblicken seines Lebens gelungen, als er die höchste Stufe der inneren Versenkung erreichte. Ich glaube, daß er die Wollust kennengelernt hat, die sich allein von der Schönheit des bestirnten Himmels nährt. Er ist sicher eines sehr sanften Todes gestorben. Seine auf diesen fernen Horizont gerichteten Augen müssen die lange Bedrängnis erfaßt haben oder zumindest die Täuschung, die sein Leben bestimmt hat. Was ich euch jetzt vorlese, steht nicht im Manuskript, ich stelle es mir folgendermaßen vor:

> «Ich stehle mich auf Zehenspitzen davon. Ich möchte nicht schwer sein, falls, wie es im Koran steht, die Engel mich bis in den Himmel tragen. Ich habe meinen Körper geleert und mein Gedächtnis in Brand gesteckt. Ich bin inmitten unnatürlicher Pracht und Freude geboren. Ich ziehe mich in aller Stille zurück. Ich war, wie der Dichter sagt, ‹der letzte und einsamste Mensch, ohne jede Liebe und Freundschaft, und darin dem unvollkommensten Tier weit unterlegen›. Ich war eine Täuschung und habe nur die Masken und Lügen des Lebens gekannt...»

Ein langes Schweigen folgte auf Amars Erzählung. Salem und Fatuma schienen überzeugt. Sie sahen sich an und sagten nichts. Irgendwann versuchte Salem verlegen, seine eigene Fassung der Geschichte zu rechtfertigen:

– Diese Figur ist reine Gewalt; ihr Schicksal, ihr Leben gehören ins Reich des Unvorstellbaren. Man kann sich übrigens nicht einmal durch einen psychologischen Dreh herauswinden. Ihr werdet mit mir übereinstimmen, wenn ich, um es roh auszudrücken, sage: Ahmed ist kein Fehler der Natur, sondern eine gesellschaftliche Verführung... Also ich meine damit, er ist vor allem kein vom gleichen Geschlecht angezo-

«Wie der Dichter sagt:

... Man kann die Zeit nur vergessen, wenn man sie nutzt ...»
– eine Wahrheit, die auch für den Sparer gilt.

genes Wesen. Er wurde in seinen Begierden vernichtet und meiner Meinung nach kann nur ein heftiger Gewaltakt – ein blutiger Selbstmord – dieser Geschichte ein Ende setzen...

– Du hast zu viele Bücher gelesen, entgegnete Amar; das ist die Erklärung eines Intellektuellen. Aber ich stelle die Frage: Wie konnte diese unvollendete Geschichte uns so sehr interessieren, uns, die wir weder Ziele noch Illusionen haben? Ich verstehe, daß du, als Sohn eines Sklaven, dein Leben damit verbracht hast, diese Spur auszulöschen. Du hast dich alleine weitergebildet, du hast viel studiert, sogar etwas zuviel. Und schließlich hättest du, als du zwanzig warst, gern gewußt, was ein freies Leben ist... Nun, im gleichen Alter schufteten deine Eltern, um dir die von ihnen erduldete Not zu ersparen. Aber ich als alter, pensionierter Lehrer, der dieses Landes überdrüssig ist, oder vielmehr jener, die es mißhandeln und verunstalten, ich frage mich, was mich an dieser Geschichte gefesselt hat. Ich bin mir ziemlich sicher, daß es in erster Linie das Mysteriöse ist, und dann halte ich unsere Gesellschaft auch für sehr hart, es wirkt nicht so, aber in unseren Beziehungen herrscht solche Gewalt, daß eine verrückte Geschichte wie die dieses Mannes mit einem Frauenkörper eine Möglichkeit ist, diese Gewalt sehr weit, bis zu ihrer äußersten Grenze zu treiben. Ein Land mit solchen Ausdrucksformen weckt unser Interesse... Und du, Fatuma, sagst nichts... Was denkst du denn?...

– Ja, ich sage nichts, denn ich habe als Frau in diesem Land gelernt, zu schweigen oder aber das Wort gewaltsam zu ergreifen. Ich bin jetzt alt, deshalb sitze ich mit euch hier. Glaubt ihr, vor dreißig Jahren oder auch wenn ich jetzt um die Dreißig wäre, säße ich mit euch in diesem Kaffeehaus? Ich bin frei, weil ich alt und runzlig bin. Man erlaubt mir zu reden, weil es keine Bedeutung hat. Von mir geht wohl kaum noch Gefahr aus. Aber es ist schon seltsam und merkwürdig, heute hier in diesem Kaffeehaus zu sitzen, euch zuzuhören und zu reden. Wir kennen uns kaum. Ihr wißt nichts von mir... Erinnert euch, ich war es, die die Initiative ergriff, euch nach dem Verschwinden des Erzählers in diesem Kaffeehaus zusammenzurufen. Ich habe euch zuerst angesprochen. Ihr habt nicht darauf geachtet. Das ist normal! Eine alte Frau... Und doch nicht so normal! Eine alte Frau muß zu Hause bleiben und sich um ihre Enkel kümmern. Nun bin ich weder Mutter noch Großmutter. Vielleicht bin ich die einzige alte Frau ohne Nachkommen. Ich lebe allein. Ich habe ein kleines Vermögen. Ich reise. Ich lese... Ich habe in der Schule lesen gelernt... Vielleicht war ich das einzige Mädchen in der ganzen Schule... Mein Vater war stolz auf mich... Er sagte: «Ich schäme mich meiner Töchter nicht!...»

Fatuma hielt einen Augenblick inne, verbarg ihr Gesicht hinter einem Zipfel ihres Kopftuchs und senkte die Augen. Man wußte nicht, ob ihre eigenen Worte oder die Anwesenheit irgendeiner Person sie in Verlegenheit brachte. Sie versuchte, sich vor einem Blick zu verbergen. Vor dem Kaffeehaus war ein kleiner, ziemlich gut gekleideter Mann stehengeblieben. Er schaute bald zu Fatuma, die den Kopf gesenkt hielt, bald in den hinteren Teil des Kaffeehauses. Er kam dicht an den Tisch heran und sagte:

– He, Hadscha! Erkennst du mich? Wir waren zusammen in Mekka... Ich bin Hadsch Britel..., der schnelle, zielstrebige Vogel!... Amar bat ihn, sich zu entfernen. Der kleine Mann ging und murmelte dabei etwas wie:

– Mein Gedächtnis läßt mich im Stich... Und doch bin ich sicher, daß sie es ist...

Fatuma zog den Schleier vom Gesicht. Dieser Zwischenfall hatte sie aus der Ruhe gebracht. Sie schwieg eine Weile und sagte dann tief seufzend:

– Man müßte im Leben zwei Gesichter haben können... Es wäre gut, mindestens ein Ersatzgesicht zu haben... Oder, besser noch, überhaupt kein Gesicht haben... Wir wären nur

Stimmen… Ein wenig wie Blinde… gut, Freunde, ich lade euch morgen zu mir nach Hause ein, um euch das Ende unserer Geschichte zu enthüllen… Ich bewohne ein Zimmer im Waisenheim… Ich erwarte euch bei Sonnenuntergang… Kommt kurz vorher, ihr werdet sehen, wie schön der Himmel von meinem Zimmer aus ist…

Fatuma

Männer! Es gibt eine Frömmigkeit, die ich liebe und aufsuche, das ist die Frömmigkeit des Gedenkens. Ich schätze sie, weil sie keine Fragen stellt. Ich weiß, daß ihr diese Tugend besitzt. So werde ich euren Fragen zuvorkommen und eure Neugier befriedigen.

Ihr sitzt am Boden, mit dem Rücken zur Wand, mit dem Gesicht zum Berg. Ein Wolkentuch wischt seinen Gipfel aus. Nachher werden sich immer mehr Farben unter die Wolken mischen. Sie werden dem Auge und dem Geist, die zu warten wissen, ein Schauspiel bieten.

Wie der Dichter sagt: «Man kann die Zeit nur vergessen, wenn man sie nutzt...» Vorher nutzte die Zeit mich, und schließlich vergaß ich mich selbst. Mein Körper, meine Seele, das Feuer, das ich entfachen konnte, die Morgenröte, in die ich mich flüchtete, all das war mir gleichgültig. Alles um mich herum verstummte: die Wasser, die Quellen, die Monde, die Straßen.

Und ich komme von weit, von sehr weit her, ich bin endlose Straßen entlanggegangen; ich habe vereiste Gelände durchmessen; ich habe riesige Flächen durchquert, von Schatten und abgebrochenen Zelten bevölkert. Länder und Jahrhunderte sind unter meinem Blick vergangen. Meine Füße erinnern sich noch. Mein Gedächtnis sitzt in den Fußsohlen. War ich es, die vorwärtsging, oder war es die Erde, die sich unter meinen Füßen drehte? Wie sollte ich es wissen? All diese Reisen, all diese Nächte ohne Morgenrot, ohne Morgen habe ich in einer engen, runden Dachkammer erschaffen. Eine Kammer zur Terrasse hin. Die Terrasse lag auf einem Hügel, und der Hügel war auf fahlroten Seidenstoff gemalt. Ich hatte mich dort oben bei geschlossenen Fenstern und Türen eingerichtet. Licht war nicht erwünscht. Ich fühlte mich im Dunkeln freier. Ich stellte mir meine Reisen zusammen, ausgehend von Erzählfragmenten der berühmten Reisenden. Wäre ich ein Mann, so hätte ich erklärt: «Ibn Batuta, das bin ich!» doch ich bin nur eine Frau und bewohne eine Kammer hoch wie ein schwebendes Grab.

Ich bin eher aus Neugier als aus Gläubigkeit nach Mekka gegangen. Ich ertrank in diesem weißgekleideten Haufen. Ich war mitten drin, wurde bedrängt, zermalmt. Zwischen meiner einsamen Kammer und der großen Moschee gab es kaum einen Unterschied. Ich verlor nicht einen Augenblick das Bewußtsein. Im Gegenteil, alles führte mich zu mir und meiner kleinen Welt zurück, in der mich meine Bindungen verschlangen und erschöpften. Es war strengstens verboten, die Pilgerfahrt vor ihrem Abschluß abzubrechen. Ich konnte nicht mehr. Ich hatte die Spur des Töpfers, der meine Unschuld überwachen und beschützen sollte, verloren. Zum erstenmal wollte ich Schluß machen. Der Tod ist etwas so Unbedeutendes an jenen Orten... Ich sagte mir, es sei viel einfacher, von dieser Menge zu Tode getrampelt und anschließend in das tagtäglich neugefüllte Massengrab geworfen zu werden... Ich trug in mir, in meiner Brust gefangen, von vertrauten Händen dort eingetragen und abgelegt einen zurückgehaltenen, langen, schmerzerfüllten Schrei, ich wußte, es war nicht meiner. Ich hatte das Gefühl, mir obliege der Entschluß, diesen Schrei auszustoßen, einen Schrei, der diese dichte Masse von Gläubigen erzittern, der die Berge rund um die heiligen Stätten erbeben lassen werde, dieser in meinem Brustkorb gefangengehaltene Schrei war der einer Frau. Das Bedürfnis, ihn hochzuholen und aus meinem Körper hinauszuschleudern wurde um so dringlicher, als die Masse um mich herum anschwoll. Meine Eingebung sagte mir auch, daß die Frau den Schrei unmittelbar vor ihrem Tod in mir abgelegt hatte. Sie war jung und krank. Wahrscheinlich litt sie an Asthma, vielleicht – ich bin mir nicht sicher – an Epilepsie. Jedenfalls verspürte ich erst an diesen Stätten des Gebets und der Andacht den Wunsch, den Himmel mit einem tiefen Schrei aufzureißen, dessen Keime ich besaß, aber nicht seine Gründe. Ich fühlte mich durchaus in der Lage, mit diesem Schrei die Menge und den Himmel zu spalten und so dem Abwesenden, dem kranken Wesen mit seinem kurzen und vor allem schlechten Leben Gerechtigkeit widerfahren zu lassen... Nachher fragte ich mich: Warum hat sich dieser Schrei zu mir und nicht beispielsweise zu einem Mann geflüchtet? Eine innere Stimme sagte mir, daß dieser Schrei in der Brust eines Mannes wohnen sollte, aber daß ein Irrtum unterlaufen war oder, besser, daß die junge Frau es vorzog, ihn einer Frau zu schenken, die das gleiche Leid, den gleichen Schmerz wie sie fühlen kann. Wenn sie schreit, wird sie wissen, auf welcher Seite der Nacht sich der Tod aufhält, der in einer kaum beleuchteten Ecke kauert. Ich arbeitete mich in der Menge vor, mein Oberkörper war aufgebläht, schwanger mit diesem Schrei. Ich wußte, wenn ich mit allen Kräften drückte, würde ich ihn aus meinem Körper hinausschleudern und mich sowie auch das Wesen, das ihn mir anvertraut hatte, erlösen können. Solch einen Tod erträumte ich mir. Aber als sich die Pilger zerstreuten, hatte ich nicht mehr das Bedürfnis zu schreien. Ich stand nicht mehr unter dieser Spannung, die mich nach vorne geschleudert hatte. Ich verließ Mekka ohne Bedauern und schiffte mich auf dem erstbesten Dampfer ein. Ich liebe Schiffsreisen. Auf einem Ozean schwimmen, fern jeder Bindung, keinen Weg spüren, in der Schwebe sein, ohne Vergangenheit, ohne Zukunft, von dieser blauen Unendlichkeit umfaßt im Hier und Jetzt leben, nachts die dünne Hülle des Himmels betrachten, unter die so viele Sterne gleiten, sich sanft von einem blinden Gefühl ergriffen fühlen, das langsam eine Melodie vorgibt, etwas zwischen Melancholie und innerer Freude... Das ist es, was ich liebte... und dieses Schiff hat mich wieder mit der abgebrochenen Hochzeit der Stille versöhnt.

Diese, wenn auch schlecht beendete Pilgerfahrt hatte mich befreit: Nach meiner Rückkehr in die Heimat bin ich nicht nach Hause gegangen. Ich hatte keine Lust mehr, weiterhin in dieser alten Ruine zu wohnen, in der meine restliche Familie in regelmäßig wiederkehrendem Unglück dahinlebte. Ohne Bedauern ließ ich meine Kammer und meine Bücher hinter mir. Ich übernachtete in einer Moschee. In meiner Djellaba zusammengekauert, die Kapuze über das Gesicht gezogen, konnte man mich für einen Mann, einen in die Stadt verschlagenen Bergbewohner halten. Da kam mir die Idee, mich als Mann zu verkleiden. Es brauchte nur wenig, den richtigen Eindruck zu erzeugen. Als ich jung und aufrührerisch war, machte es mir Spaß, mein Bild zu verändern. Ich bin immer dünn gewesen, das machte die Sache einfacher. Es war eine ziemlich außergewöhnliche Erfahrung, von einem Zustand in den anderen überzuwechseln. In meinem Fall wollte ich mein Bild austauschen, mein Gesicht im selben Körper austauschen und diese Maske begeistert bis zum Exzeß ausnutzen.

Und dann blieb alles stehen, erstarrte alles: Der Augenblick wurde zur Kammer, die Kammer wurde zum sonnigen Tag, die Zeit zu einem alten, in dieser Pappkiste vergessenen Gerippe, in der gleichen Kiste liegen alte, nicht zueinander passende Schuhe, eine Handvoll neuer Nägel, eine allein vor sich hin surrende Singer-Nähmaschine, ein einem Toten entrissener Fliegerhandschuh, eine am Dach der Kiste festgeklebte Spinne, eine Minora-Rasierklinge, ein Glasauge und schließlich der unvermeidliche, schlechterhaltene Spiegel, der sich all seiner Bilder entledigt hat. Übrigens entspringen alle Gegenstände in der Kiste einzig der ureigensten Einbildungskraft des Spiegels, seit er erloschen ist, seit er zur bloßen Glasscherbe geworden ist, entwirft er keine Gegenstände mehr, er hat sich im Laufe einer langen Abwesenheit geleert... Ich weiß jetzt, daß der Schlüssel zu unserer Geschichte unter diesen alten Sachen zu finden ist. Ich wage nicht zu wühlen, aus Angst, daß die trotz Rost immer noch funktionierenden mechanischen Kinnbacken meine Hand abreißen..., die Backen entstammen nicht dem Spiegel, sondern seinem Doppel..., ich habe vergessen, euch davon zu erzählen, eigentlich habe ich es nicht vergessen, sondern aus Aberglauben..., sei es drum... Wir werden dieses Zimmer nicht verlassen, bevor wir nicht den Schlüssel gefunden haben, und dazu muß das Doppel des Spiegels, und sei es nur in Anspielungen, erwähnt werden... Strengt eure Augen nicht an; es ist nicht in diesem Zimmer, zumindest nicht sichtbar. Es ist ein friedlicher Garten mit Oleander, glatten Steinen, die das Licht auffangen und speichern, dieser Garten ist auch erstarrt, schwebend, er ist geheim, der Weg dorthin ist geheim, seine Existenz ist nur sehr wenigen Personen bekannt, denjenigen, die sich mit der Ewigkeit vertraut gemacht haben und dort hinten auf einer Steinplatte sitzen, die den in ihrem Blick festgehaltenen Tag unberührt erhalten; sie verfügen über den Faden von Anfang und Ende; die Platte schließt den Eingang des Gartens ab, der Garten geht auf das Meer, und das Meer verschluckt und trägt alle zwischen Blumen und Pflanzenwurzeln geborenen und sterbenden Geschichten davon..., was den Tag betrifft, so hat er Sommer und Winter in sich zurückbehalten, sie sind da, mit demselben Licht vermengt...

So habe ich gelernt, im Traum zu sein und mein Leben zu einer frei erfundenen Geschichte zu machen, zu einem Märchen, das sich auf das wirkliche Geschehen besinnt. Ist es Langeweile oder eher Überdruß, daß man sich in ein anderes Leben kleidet wie in eine wunderbare Djellaba, einen magischen Umhang, einen aus himmlischem Stoff genähten Mantel, mit Sternen, Farben und Licht geschmückt?

In meiner Abgeschiedenheit wohne ich stumm und reglos dem Auszug meines Landes bei: Die Menschen und die Geschichte, die Täler und Berge, die Wiesen und sogar der Himmel ziehen aus. Was bleibt sind Frauen und Kinder. Man könnte meinen, sie blieben, um das Land zu hüten, aber sie hüten nichts. Sie kommen und gehen, ereifern sich und mogeln sich durch. Trockenheit und Wasserumleitungen haben viele vom Land vertrieben. Sie streifen durch die Städte. Sie betteln. Man lehnt sie ab, demütigt sie, und sie betteln weiter. Sie reißen an sich, was sie bekommen können. Die Kinder…, viele, viel zu viele von ihnen sterben… Also werden neue gemacht, wieder und wieder… Als Junge geboren werden, ist ein kleineres Übel… Als Mädchen geboren werden, ist eine Katastrophe, ein Unglück, das man achtlos auf dem Weg abwirft, den der Tod gegen Abend einschlägt… Oh, ich erzähle euch nichts Neues. Meine Geschichte ist alt…, älter noch als der Islam… Mein Wort hat kein großes Gewicht… Ich bin nur eine Frau, ich habe keine Tränen mehr. Man hat mir schon früh beigebracht, daß eine weinende Frau verloren ist… Ich beschloß, niemals diese weinende Frau zu sein. Ich habe in der Illusion eines anderen Körpers gelebt, mit den Kleidern und Gefühlen eines anderen. Ich habe alle Welt betrogen, bis ich schließlich gemerkt habe, daß ich mich selbst betrüge. Da begann ich, meine Umwelt zu betrachten, und was ich sah, entsetzte, erschütterte mich zutiefst. Wie konnte ich so im Glashaus, in der Lüge, in der Mißachtung der anderen leben? Man kann nicht von einem Leben ins andere wechseln, indem man eben über einen Steg springt. In meinem Fall mußte ich mich all dessen, was ich war, entledigen, in Vergessen geraten und alle Spuren beseitigen. Die Gelegenheit dazu sollte mir durch die Kinder geboten werden, all diese aus den Schulen geflogenen, arbeitslosen, heimatlosen, zukunftslosen, hoffnungslosen Kinder aus den Elendsvierteln. Sie waren auf die Straße gegangen, zuerst mit leeren Händen, dann die Hände voller Steine, und verlangten Brot. Sie schrien irgendeine Parole... Sie hatten es satt, ihre Gewalt im Zaum zu halten..., arbeitslose Frauen und Männer gesellten sich zu ihnen. Ich war auf der Straße und wußte nicht, was ich davon halten sollte..., ich hatte keinen Grund, mit ihnen zu demonstrieren. Ich habe nie gehungert. Die Armee hat in die Menge geschossen. Ich fand mich fast zufällig unter den Straßenkindern wieder. Ich war auf ihrer Seite, Auge in Auge mit den Ordnungskräften. An diesem Tag lernte ich Angst und Haß kennen. Alles wendete sich schlagartig. Eine Kugel durchbohrte mir die Schulter, einige Frauen, die in ihrer Tür standen und die Demonstranten ermutigten, hoben mich schnell hoch und versteckten mich in ihrem Haus. Ich war so erregt, in dieses Heim armer Leute einzuziehen, aufgenommen von Frauen, deren Kinder sicher draußen in der Menge waren, daß ich den von der Wunde herrührenden Schmerz vergaß. Sie kümmerten sich sehr tüchtig und freundlich um mich. Seither heiße ich Fatuma. Sie behielten mich lange bei sich. Die Polizei suchte überall nach den Verwundeten, um sie festzunehmen. Sie überwachte sogar die Friedhöfe. Es ging darum, das Land von der Spreu zu reinigen, um neue Aufstände zu verhindern. Nun ja, das Land war immer noch nicht ganz sauber... neue, noch blutigere Aufstände fanden fünfzehn und zwanzig Jahre später statt...

In der Zwischenzeit hatte ich das große Heft verloren, dem ich meine Geschichte anvertraut hatte. Ich bemühte mich vergebens, es neu zusammenzustellen..., also machte ich mich auf die Suche nach dem Bericht meines früheren Lebens. Die Fortsetzung kennt ihr. Ich gebe zu, es hat mir Spaß gemacht, dem Erzähler und dann euch zuzuhören. Mir wurde so die Gunst zuteil, zwanzig Jahre danach einige Abschnitte meines Lebens noch einmal zu durchleben. Nun bin ich sehr müde. Laßt mich jetzt bitte allein. Wie ihr seht, bin ich alt, aber nicht an Jahren. Es ist ungewöhnlich, zwei Leben zu tragen. Ich habe solche Angst, durcheinanderzugeraten, den Faden zur Gegenwart zu verlieren und in diesen berüchtigten lichten Garten eingesperrt zu werden, aus dem kein Wort dringen darf.

Der blinde Troubadour

Das Geheimnis ist heilig, aber dennoch ein bißchen lächerlich.»

Der Sprecher war blind. Anscheinend ohne Stock. Nur seine Hand auf der Schulter eines Jugendlichen. Er trug einen dunklen Anzug, war groß und dürr und setzte sich an den Tisch der beiden Männer, die noch über Fatumas Geschichte nachsannen. Niemand hatte ihn dazu aufgefordert. Er entschuldigte sich, rückte seine schwarze Brille zurecht, gab seinem Begleiter eine Münze, damit er sich vergnügen gehe, wandte sich dann zu einer Frau und sagte:

– Es ist wahr! Das Geheimnis ist heilig, aber wenn es lächerlich wird, sieht man besser zu, daß man es los wird... Sie werden mich sicher fragen, wer ich bin, wer mich hergeschickt hat und warum ich so einfach in Ihre Geschichte hineinplatze... Sie haben recht. Ich werde es Ihnen erklären... Oder nein... Sie sollen nur wissen, daß ich mein Leben damit verbracht habe, anderer Leute Geschichten zu verfälschen oder zu entstellen... Was bedeutet schon meine Herkunft, ich wüßte nicht zu sagen, ob meine ersten Schritte sich in den Schlamm des Ost- oder des Westufers des Stroms eingegraben haben. Am liebsten denke ich mir meine Erinnerungen aus. Es hängt vom Gesicht meines Gesprächspartners ab. So gibt es Gesichter, in denen eine Seele erscheint, und andere, in denen nur eine Maske aus runzliger Menschenhaut erscheint, und nichts steckt dahinter. Es ist wahr, daß ich mich seit meiner Erblindung auf meine Eingebungen verlasse. Ich reise viel. Vorher begnügte ich mich damit, zu beobachten, zu schauen, zu prüfen und im Kopf zu notieren. Jetzt wiederhole ich die gleichen Reisen. Ich höre zu. Ich spitze die Ohren und erfahre vieles. Seltsam, wie das Ohr arbeitet. Mir scheint, es berichtet uns besser und mehr über den Stand der Dinge. Manchmal berühre ich Gesichter, um darin die Spuren der Seele zu entdecken. Ich hatte Umgang mit vielen Dichtern und Erzählern. Ich stapelte ihre Bücher, räumte sie ein, beschützte sie. Ich hatte an meinem Arbeitsplatz sogar ein Bett aufschlagen lassen. Ich war ein Tag- und Nachtwächter. Ich schlief inmitten all dieser Werke, denen ich wachsamer Freund, Vertrauter und auch Verräter war.

Ich komme von weit her, aus einem anderen Jahrhundert, ich bin von einer Erzählung in eine andere verpflanzt worden, und Ihre Geschichte interessiert mich, weil sie keine Übertragung der Wirklichkeit ist. Ich nehme sie, so wie sie ist, künstlich und schmerzlich. In meiner Jugend schämte ich mich, nur ein Bücherwurm und nicht ein Mann der Tat zu sein. Deshalb erfand ich zusammen mit meiner Schwester Geschichten, in denen ich ständig gegen Gespenster kämpfen mußte, und ich wechselte problemlos von einer Geschichte zur anderen, ohne mich je um die Wirklichkeit zu scheren. So finde ich mich heute wieder, abgelegt in Ihrer Erzählung, die mir ganz und gar unbekannt ist. Ich wurde ausgestoßen – vielleicht ist das Wort etwas stark – aus einer Geschichte, die mir jemand ins Ohr flüsterte, als sei ich ein Sterbender, dem man zur Erleichterung seines Abgangs poetische oder ironische Sachen sagen muß. Wenn ich ein Buch lese, lasse ich mich darin nieder. Das ist mein Laster. Ich habe Ihnen vorhin gesagt, daß ich ein Fälscher bin, ich bin der Biograph der Täuschung und der Lüge. Ich weiß nicht, welche Hände mich bis zu Ihnen geschoben haben. Meinem Eindruck nach sind es die Ihres Erzählers, der wohl ein Sprachschmuggler, ein Worteverschieber ist. Als kleine Hilfe sage ich Ihnen, woher ich komme, ich übermittle Ihnen die letzten Sätze der von mir erlebten Geschichte, und von da aus können wir vielleicht das Rätsel entwirren, das Sie zusammengeführt hat:

«In einem vogelfreien Morgengrauen sah der Magier, wie ein Feuerkreis die Mauern umschloß. Einen Augenblick lang erwog er, in den Wassern Zuflucht zu suchen, doch dann begriff er plötzlich, daß der Tod gekommen war, sein Alter zu krönen und ihn von seinen Werken freizusprechen. Er schritt über die Feuerfetzen. Sie bissen seine Haut nicht, sondern streichelten und überfluteten ihn ohne jede Hitze oder Verbrennung. Erleichtert, demütig, entsetzt begriff er, daß auch er Schein war, daß ein anderer ihn gerade träumte.»

Ich bin dieser andere, der ein Land auf einem Verbindungssteg zwischen zwei Träumen durchquert hat. Ist es ein Land, ein Strom oder eine Wüste? Wie könnte ich das wissen? An diesem Apriltag im Jahre 1961 sitzen wir in Marrakesch in einem Kaffeehaus, in dessen Hinterraum Säcke mit frischen Oliven gelagert werden. Wir befinden uns neben einem Bus- und Sammeltaxenbahnhof. Es stinkt nach Benzin. Bettler aller Altersstufen streifen um uns herum. Ich habe das Gefühl, sie sind noch verbitterter als gestern. Der Gebetsruf aus einer kleinen Moschee, die weniger als hundertfünfzig Meter zu meiner Linken gelegen sein muß, läßt sie kalt. Warum sollten sie auch in die Moschee stürzen? Ich verstehe sie, aber ich kann nichts für sie tun. Lange Zeit hatte ich bei Reisen in armen Ländern ein schlechtes Gewissen. Schließlich habe ich mich daran gewöhnt und bin sogar unempfindlich geworden. Wir sind also in Marrakesch, im Herzen von Buenos Aires, dessen Straßen, wie ich einmal sagte «wie die Eingeweide meiner Seele sind», und diese Straßen entsinnen sich meiner sehr wohl.

Ich komme als Träger einer Botschaft. Eines Tages erschien bei mir eine Frau, wahrscheinlich eine Araberin, jedenfalls von islamischer Kultur, auf Empfehlung, so scheint mir, eines Freundes, von dem ich lange nichts gehört hatte. Damals war ich noch nicht blind; meine Sehkraft hatte sehr stark abgenommen, und mir erschien alles verschwommen und schraffiert. Ich kann deshalb das Gesicht dieser Frau nicht beschreiben. Ich weiß, daß sie dünn war und ein langes Kleid trug. Aber woran ich mich sehr gut erinnere und was mir aufgefallen war, ist ihre Stimme. Selten habe ich eine gleichzeitig so tiefe und helle Stimme gehört. Eine an den Stimmbändern operierte Männerstimme? Eine auf Lebenszeit verletzte Frauenstimme? Die Stimme eines vorzeitig gealterten Kastraten? Ich glaubte, diese Stimme schon einmal in einem der von mir gelesenen Bücher gehört zu haben. Höchstwahrscheinlich in einer Erzählung aus Tausendundeiner Nacht, in der Geschichte von der Magd Tawaddud, die sich, um ihren Herrn vor dem Untergang zu retten, erbot, vor dem Kalifen Harun Al-Raschid zu erscheinen und die schwierigsten Fragen der Gelehrten zu beantworten – sie besaß die Gabe allumfassenden Wissens –, falls der Plan gelang, konnte ihr Besitzer sie dem Kalifen für zehntausend Dinar verkaufen. Natürlich bestand sie die Probe. Harun Al-Raschid holte Tawaddud und ihren Herrn an seinen Hof und belohnte sie mit mehreren tausend Dinar.

Es ist eine Erzählung über Wissenschaft und Gedächtnis. Mir hat diese Geschichte gefallen, weil ich selbst vom Wissen dieser Dienstmagd eingenommen war und sie um ihre Unbeugsamkeit und ihren Scharfsinn beneidete.

Heute bin ich mir fast sicher: Meine Besucherin hatte Tawadduds Stimme. Und doch trennen Jahrhunderte sie voneinander! Die Magd war erst vierzehnjährig, die Dame war älter. Aber das alles ist nur zufälliges Zusammentreffen. Ich habe vergessen, was sie mir sagte. In Wirklichkeit hörte ich ihr nicht zu, sondern lauschte ihrer Stimme. Als sie merkte, daß ich nicht auf ihre Worte achtete, wühlte sie in einer inneren Tasche, holte eine Münze heraus und gab sie mir. Diese Geste brachte mich aus der Fassung. Sie kannte also meine

Leidenschaft für alte Münzen. Ich tastete das Geldstück ab. Es war ein Fünfzig-Centime-Battehn, eine seltene Währung, die um 1852 kurze Zeit in Ägypten im Umlauf war. Der Battehn in meiner Hand war ganz schön abgenutzt. Mit den Fingern versuchte ich die Abbildungen auf Vorder- und Kopfseite zu rekonstruieren. Das Datum der Prägung, 1851, war in indischen Zahlen eingraviert. Ich habe nie verstanden, warum die Araber, auf ihre eigenen, der ganzen Welt überlassenen Zahlen verzichtet und diese seltsamen indischen Hieroglyphen übernommen haben, wo die 2 eine umgedrehte 6, die 8 eine umgekippte 7, die 5 eine Null und die Null ein banaler Punkt ist! Auf der Kopfseite war ein Männergesicht mit dünnem Schnurrbart, langem Haar und ziemlich großen Augen abgebildet. Die Vorderseite trug die gleiche Zeichnung, nur hatte der Mann keinen Schnurrbart mehr und ein weibliches Äußeres. Später erfuhr ich, daß die Münze von einem Vater geprägt worden war, der seine Kinder, ein Zwillingspaar gemischten Geschlechts, leidenschaftlich geliebt hatte. Er war ein mächtiger Mann, ein hoher Feudalherr, Großgrundbesitzer und politischer Führer. Diese Währung war in Wirklichkeit nicht offiziell. Er hatte sie zu seinem Vergnügen geschlagen, sie war nur innerhalb seiner Güter im Umlauf.

1929 gab es bei uns in Buenos Aires eine geläufige Zwanzig-Centime-Münze namens Zahir. Sie wissen, was dieses Wort bedeutet: das Augenscheinliche, das Sichtbare. Es ist das Gegenteil des Battehn, der das Innere, das im Leib Vergrabene ausdrückt. Ist das nicht das Geheimnis? Das Merkwürdige ist nur, daß die gleichgesichtige Münze dem Geheimnis ein wenig das Mysterium nahm. Weil ich es mir aufgeschrieben habe, weiß ich, daß der Zahir der Grund eines Brunnens in Tetuan ist, wie er auch, nach Zotenberg, eine Marmorader in einer der zwölfhundert Säulen der Moschee von Cordoba sein soll. Der Battehn ergab nur einen Sinn, weil ihn mir eine fremde Hand reichte. Es war eine Art Losungswort zwischen

Sektenmitgliedern. Nun gehörte ich aber keiner Sekte an und verstand die Bedeutung der Geste nicht.

Ich nahm eine Lupe und suchte nach einem besonderen Merkmal, das vielleicht in eine der beiden Münzseiten geprägt war. Ich fand ein Kreuz, aber das mußte dem Zufall und der Zeit geschuldet sein.

Die Dame beobachtete mich schweigend. Ich bat sie, auf einem alten Ledersofa Platz zu nehmen. Sie war sehr schmächtig und versank zusammengekrümmt in den Tiefen dieser Sitzgelegenheit. Wenn ihre Augen nicht auf meinen Händen ruhten, welche die Münze abtasteten, wanderten sie durch das mit Büchern tapezierte Zimmer. Es schien, als zähle sie die Bände, und mir fiel auf, daß ihr Kopf der Bewegung ihrer Augen folgte. An einem bestimmten Punkt erhob sie sich und näherte sich langsam dem hinteren Regal, aus dem sie einen handgeschriebenen Koran zog, den ein koptischer Minister unter König Faruk mir anläßlich eines Besuchs der Universität Al Azhar in Kairo geschenkt hatte.

Der Gang meiner Besucherin hatte etwas Zerbrechliches, zugleich Ungelenkes und Anmutiges. Sie wandte sich zu mir und sagte in holprigem Spanisch: Was tun Sie mit einem arabischen Manuskript? Ich entgegnete, daß ich die arabische Schrift, die Kalligraphie und die persischen Miniaturen liebe. Ich erzählte ihr sogar, daß ich mindestens einmal im Jahr nach Cordoba fahre, um mich der Sehnsucht nach einem glücklichen Andalusien hinzugeben. Ich sagte ihr auch, daß alle mir bekannten Koranübersetzungen in mir die sichere Ahnung geweckt hatten, daß der arabische Text von großer Erhabenheit sein müsse. Sie nickte mit dem Kopf und las mit leiser Stimme einige Suren. Es war ein Murmeln zwischen Gesang und Klage. Ich ließ sie so stehen, in die Schrift versunken in der Glückseligkeit und Leidenschaft derer, die etwas Langgesuchtes gefunden haben. Kurz kam mir der Gedanke, ihr die Aufnahme der neunten Sure «Reue oder Schuldlosigkeit» von Scheich Abdessamad vorzuspielen, aber ich verzichtete darauf.

Welch seltsame Situation! Ich kam mir vor wie in einem Buch, wie eine dieser malerischen Gestalten, die mitten in einer Erzählung auftauchen, um den Leser zu beruhigen. Vielleicht war ich eines von Tausenden aneinandergedrängter Bücher der Bibliothek, in der ich früher gearbeitet hatte. Und dann ist ein Buch, so sehe ich es zumindest, ein Labyrinth, das die Menschen verwirren soll, um sie vom Weg abzubringen und in die engen Gefilde ihres Ehrgeizes zurückzuführen.

So war ich an diesem Juninachmittag des Jahres 1957 mit einer mysteriösen Dame in meiner Bibliothek verschanzt und hielt eine alte Münze in den Fingern, die nicht einmal im Umlauf gewesen war. Bei Sonnenuntergang überzog sich der Himmel mit gelb und weiß überstrichener Malvenfarbe. Mich überkam das Gefühl, dies sei das Gesicht des glücklichen Todes. Ich hatte keine Angst. Ich wußte bereits, daß der Tod oder sein Anflug die Menschen geziert und pathetisch macht. Ich kannte ihn aus Büchern und Traumbildern. Ich schloß die Augen, und da blitzte vor mir das Gesicht eines gequälten Mannes auf. Für mich konnte es nur der Vater meiner Besucherin sein, die fortfuhr, im Koran zu lesen... Nach dieser Vision war ich nicht mehr derselbe, ich war gerade mit dem ganzen Körper in ein Räderwerk geraten. Das war mir gar nicht unrecht, doch hätte ich es vorgezogen, das Geschehen selbst zu leiten. Es bewegte mich, und meine Phantasie brauchte nur zu folgen, ohne einzugreifen. Ich sagte mir, das kommt davon, Geschichten mit Lebenden zu erfinden, die nur Tote sind, und sie auf sich gabelnde Pfade oder in kahle, mit Sand aufgefüllte Wohnstätten zu werfen, das kommt davon, den naiven Gelehrten zu spielen, jetzt bin ich in dieses Zimmer eingesperrt mit einer Romanfigur oder eher einem Rätsel, zwei Gesichtern eines Wesens, das völlig verstrickt ist in eine unvollendete Geschichte voller Doppeldeutigkeit und Flucht! Ich bin sitzen geblieben und habe mit der Battehn-Münze Kopf oder Zahl um mein Leben gespielt. Eine innere Stimme sagte mir mit dem genau richtigen Quentchen Ironie: «Die Morgensonne glänzte auf dem Bronzeschwert, auf dem schon keine Spur von Blut mehr zu sehen war. Kannst du es dir vorstellen? Der alte Mann hat sich kaum gewehrt.»

Ich war dieser alte Mann, befangen in einer Figur, die ich selbst hätte erschaffen können, wenn ich etwas längere Zeit in Marokko oder Ägypten geblieben wäre. Man muß sie mir dort beschrieben haben. Die Dame schlug den Koran zu und legte ihn zwischen uns auf den Tisch. Die Heilige Schrift zwischen uns sollte die Lüge verhindern. Sie lag jedenfalls nicht zufällig da. Die Dame hielt mir die Hand hin, um ihr Geldstück zurückzunehmen. Sie untersuchte es, legte es auf den Koran und sagte mir dann mit nüchterner Stimme: «Ich halte einen Augenblick inne an dem Punkt und Ort, wo ich angelangt bin, ich blättere meinen Flitter hin und streife nacheinander alle meine Häute ab, ich werde mich vor Ihnen wie eine Zwiebel bis hin zum innersten Kern schälen, um den Fehler, die Täuschung und die Schande zu benennen.»

Nach langem Schweigen begann sie, den Blick auf den Koran gerichtet: «Ich habe beschlossen, heute zu sprechen, da ich Sie endlich gefunden habe. Sie allein können verstehen, warum ich in diesem Augenblick hier bin. Ich bin keine Ihrer Figuren, ich hätte eine sein können. Jedoch trete ich nicht vor Sie als eine mit Sand und Worten angefüllte Gestalt. Seit einigen Jahren bin ich nur noch eine sinnlose Irrfahrt. Ich bin ein Körper auf der Flucht. Ich nehme sogar an, daß ich in meinem Land wegen Mordes, widerrechtlichen Gebrauchs einer fremden Identität, Vertrauensbruchs und Erbschaftsunterschlagung gesucht werde. Ich suche nicht die Wahrheit. Ich bin unfähig, sie zu erkennen. Ich suche auch nicht die Gerechtigkeit. Sie ist unmöglich. In dieser Schrift gibt es Suren, die

Gesetzesfunktion haben; sie verweigern der Frau ihr Recht. Ich suche nicht die Vergebung, denn diejenigen, die sie mir hätten gewähren können, sind nicht mehr. Und dennoch brauche ich Gerechtigkeit, Wahrheit und Vergebung. Ich bin von Land zu Land gezogen, verzehrt von dem heimlichen Wunsch, in Vergessenheit zu sterben und auf dem Leichentuch eines Schicksals geboren zu werden, das über jeden Verdacht erhaben ist. Endlich erleuchtet zu werden von der Vorstellung eines glücklichen Todes, der die Macht hat, alles von mir zu nehmen, was wie ein ewiger Fluch auf mir lastet. Ich habe gelernt, mein Leben zu lösen von jenen Orten und Gegenständen, die bei der geringsten Berührung zerbröckeln. Ich bin aufgebrochen, von mir selbst aus meiner Vergangenheit verjagt, im Glauben, ich fände durch die Entfernung von der Heimat Vergessen und Frieden und ich verdiente endlich Trost. Ich habe alles verlassen: das alte Haus, die Herrschaft, die ich über meine Familie auszuüben verurteilt war, die Bücher, die Lüge und die mir aufgezwungene unendliche Einsamkeit. Ich konnte nicht länger ein Leben vorgaukeln, dessen ich mich schämte.»

Zugegeben, bis hierhin verstand ich nicht, worauf sie hinauswollte. Ich hörte ihr geduldig und neugierig zu, denn sie hatte mich verunsichert und in mir jene Aufmerksamkeit hervorgerufen, die mich in meinem Sessel festnagelte und die Zeit vergessen ließ. Vor ihrem Besuch hatte ich Langeweile. Ich drehte Daumen in meiner Bibliothek. Ich war schon alt, und die meisten meiner Freunde waren tot. Meine Sehkraft wurde immer schwächer. Meine Erblindung war unausweichlich. Der Arzt hatte es mir gesagt. Ich bereitete mich auf jene mühselige Einsamkeit vor, die zur Abhängigkeit verdammt. Ihr in mehreren Briefen angekündigter Besuch interessierte mich um so stärker, als sie sich auf Stephen Albert berief, einen alten, längst verstorbenen Freund. Er war Missionar in Tientsin gewesen. Ihr Vorgehen belustigte mich. Sie wußte nichts von Stephens Tod und noch weniger von seinem Leben. Es war schon vorgekommen, daß ich von einer meiner Figuren unterzeichnete Briefe bekam. Letzten Endes erfand ich nichts. Ich las Bücher und Enzyklopädien, ich stöberte in Wörterbüchern, und ich erzählte hinreichend wahrscheinliche Geschichten zum Vergnügen und um die tiefe Angst vor der Zeit zu verhöhnen, die jeden Tag einen Spatenstich tiefer unser Massengrab aushebt. Mein ganzes Leben lang habe ich unentwegt die Macht der Worte – der Zeichen der orientalischen Sprachen, deren Kalligraphien in Taumel versetzen – der Macht der realen und imaginären, sichtbaren und versteckten Welt entgegengesetzt. Allerdings machte es mir größeren Spaß, mich in Traumwelten und in das Unsichtbare zu wagen, als in etwas, das mir gewalttätig, körperlich, begrenzt erschien.

Nach langem Schweigen, in dessen Verlauf die Dame auf eine ermutigende Antwort oder Reaktion wartete, sagte ich ihr, wie im Spiel, etwas Schreckliches, einen der seltenen Sätze, dessen ich mich erinnere, 1941 niedergeschrieben zu haben: «Wer etwas Abscheuliches vorhat, muß sich vorstellen, es schon verwirklicht zu haben, er muß sich die Zukunft so unwiderruflich zu eigen machen, als wäre sie bereits Vergangenheit.» Mir war nicht bewußt, daß diese Worte sie schmerzen würden. Ich verdammte sie dazu, in ihrem Wesen auszuharren. Das war unrecht. Mit welchem Recht habe ich dieses Urteil ausgesprochen? Ich, ein Einsiedler, kurz vor dem Tod, bereits an der Schwelle zur Blindheit, von Schichten der Finsternis umstellt, die sich langsam dichter schlossen, mir endgültig den Tag, das Licht und seine Sonne zu nehmen, warum belustigte mich das Spiel mit dem Schicksal dieser Dame? Etwas mußte gesagt werden, ich konnte nicht stumm oder gleichgültig bleiben. Das Merkwürdige ist, diese Frau am Rande des Untergangs weckte in mir die Erinnerung an die Begierde, und manchmal ist die Erinnerung an ein Gefühl gewaltiger, stärker als die Wirklichkeit selbst. Wie soll ich Ihnen das heute erklären, wo ich mit dem aufgeschlagenen Koran und einer alten Münze in das Dunkel zurückgekehrt bin? Für mich war ihre Anwesenheit bei mir zweideutiger als ihre Lebensgeschichte. Ich verdächtigte sie, immer noch eine Maske zu tragen, auf beiden Ufern des Stromes anlegen zu können. Ja, diese Begierde rückte mich dreißig Jahre zurück oder nach vorn. Jedenfalls fühlte ich mich in die Zeit geschleudert, und da ich es aufgegeben hatte, feste Markierungen in die verrinnende Zeit zu setzen, war ich manchmal verwirrt. Das war mein persönliches Labyrinth, das ich am liebsten «Tempel der klaren Einsamkeit» nenne. Im Geist ließ ich noch einmal die Stufen meiner Begierde nach einer Frau vorüberziehen, die in die Bibliothek kam und sich Bücher von mir auslieh. Sie war sehr schmal, groß, feingliedrig und anmutig. Sie sprach wenig und las viel. Ich versuchte, ihren Charakter, ihr Privatleben, ihre geheimen Leidenschaften aufgrund der Bücher zu erraten, die sie entlieh. Ich erinnere mich, daß sie alle verfügbaren Übersetzungen von Tausendundeiner Nacht gelesen hatte. Sie las Shakespeare im Original. Ich nahm an, sie bereite sich auf einen schöngeistigen Beruf vor. Ich wußte nichts von ihr. Eines Tages befanden wir uns alleine in einem schmalen Gang zwischen zwei Bücherreihen. Wir standen Rücken an Rücken, jeder suchte auf seiner Seite einen Band. Plötzlich wandte sie sich zu mir, und durch ein seltsames und glückliches Zusammentreffen legten sich unsere Hände fast gleichzeitig auf dasselbe Buch: Don Quichotte. Ich hatte es heimlich für sie gesucht, nicht um sie damit bekanntzumachen, sondern um sie zu bitten, es noch einmal zu lesen. Unsere beiden Körper waren sich so nah, daß ich in mir eine Hitzewelle aufsteigen fühlte, wie sie den schüchternen Naturen wohlbekannt ist. Ihr Haar streifte mein Gesicht. Das ganze währte weniger als eine Minute, aber das reichte aus, mich den Kopf verlieren zu lassen. Sie nahm das Buch mit, und ich habe sie nie wiedergesehen. Heute noch denke ich manchmal an sie, und vor allem durchlebe ich wieder diesen erregenden Augenblick. Manche Gefühle prägen für das ganze Leben. Und seither suche ich, ohne es mir zuzugestehen, dieses Gesicht, diesen Körper, die flüchtige Erscheinung. Nunmehr habe ich jede Hoffnung verloren, sie wiederzufinden. Und selbst wenn es mir gelingen sollte, wäre ich sicher sehr unglücklich.

Das Bild dieser Frau sucht mich von Zeit zu Zeit in einem Traum heim, der zum Alptraum wird. Sie nähert sich mir langsam, ihr flatterndes Haar streift mich von allen Seiten, sie lächelt mich an und ergreift dann die Flucht. Ich laufe ihr nach und befinde mich plötzlich in einem großen andalusischen Haus mit verschachtelten Zimmern, dann, in dem Moment, wo sie das Haus verläßt – und hier beginnen die Unannehmlichkeiten –, bleibt sie stehen und läßt mich an sich heran, wenn ich sie fast greifen kann, stelle ich fest, daß es jemand anders ist, ein verkleideter Mann oder ein betrunkener Soldat. Beim Versuch, das Haus, das ein Labyrinth ist, zu verlassen, befinde ich mich in einem Tal, dann in einem Moor, dann in einer von Spiegeln umgebenen Ebene, und so geht es endlos weiter.

Seit dem Verlust meiner Sehkraft habe ich nur noch Alpträume. Ich werde von meinen eigenen Büchern verfolgt. Deshalb nenne ich den Alptraum am liebsten «Nachtmär» oder «schwarzes Fabelpferd» oder auch «fettes Tageslachen»...

Kürzlich habe ich den gleichen Traum gehabt und ich glaube, ich lief hinter meiner Besucherin aus Marokko her. Es war dasselbe große Haus in Cordoba, und als ich hinaustrat, befand ich mich nicht in Andalusien, sondern in Tetuan. Die Frau nahm mich mit. Sie zog mich bei der Hand. Ich widersetzte mich. Ich wollte nicht durch die Straßen Tetuans gehen. Dann ließ sie mich los, und ich stand allein auf dem großen, «Plaza Cervantes» genannten Platz – er hat heute einen anderen Namen, ich glaube er heißt «Siegesplatz», Sieg über wen, über was? Ich weiß es nicht. Ich habe diesen Traum mehrmals geträumt. Ich bin 1936 in Tetuan gewesen. Es gab dort viele Spanier, besonders kleine, von kolonialem Ehrgeiz getriebene Leute und nicht wenige heimtückische Phalangisten. Ich erinnere mich an eine kleine friedliche Stadt, in der ein Teil der nationalistischen Bewegung Marokkos ihren Ausgang nehmen sollte.

Wissen Sie, als Blinder lebt man von Sehnsucht, für mich ist sie ein lichter Dunst, das Hinterland meiner Vergangenheit. Die Nacht senkt sich unaufhörlich auf meine Augen, ein langer Sonnenuntergang. Ich preise den Schatten, denn diese lange Nacht hat mir die Lust zurückgegeben, wiederzuentdecken und zärtlich zu sein. Ich bin ständig auf Reisen. Ich verfolge die Schritte meiner Alplustträume zurück. Ich bewege mich fort, nicht um mich der Landschaften, sondern um mich der Düfte, der Geräusche, der Gerüche einer Stadt oder eines Landes zu vergewissern. Jeder Vorwand, mich anderswo aufzuhalten, ist mir recht. Ich war noch nie soviel unterwegs wie seit meiner Erblindung! Ich bin weiterhin davon überzeugt, daß ein Schriftsteller alles ihm Geschenkte verarbeiten soll: die Lust wie den Schmerz, die Erinnerung wie das Vergessen. Vielleicht werde ich irgendwann einmal wissen, wer ich bin. Aber das ist eine andere Geschichte.

Während dieser alte Mann die Hände über seinem Stock gefaltet hielt und sprach, umringten ihn nach und nach alle möglichen Leute. Das Kaffeehaus wurde zu einem Platz oder besser zu einem Klassenzimmer. Seine Zuhörer saßen auf Stühlen. Es sah aus, als halte ein Professor eine Vorlesung vor seinen Studenten. Die Leute waren von diesem blicklosen Gesicht gefesselt und von dieser leicht heiseren Stimme hingerissen. Sie lauschten diesem Besucher aus einem anderen Jahrhundert, aus einem fernen, fast unbekannten Land.

Durch das Stühlerücken und die Stille im Kaffeehaus hatte er gespürt, daß sich um ihn ein aufmerksames Publikum gebildet hatte. Einmal hielt er inne und fragte: Seid ihr alle da? Ich höre diesen Goldrausch auf dem Berg nicht mehr... Ich bin von meiner Einsamkeit getrieben in dieses Land gekommen, und in den Tiefen der Nacht suche ich Sie, eine einer Erzählung entsprungene Prinzessin; meine Zuhörer, wenn ihr sie seht, sagt ihr, daß der Geliebte des Mondes da ist, daß ich das Geheimnis und der Sklave, die Liebe und die Nacht bin.

Die Zuhörer schwiegen. Plötzlich erhob sich ein Mann und sagte:

– Sie sind hier willkommen..., erzählen Sie uns von dieser Frau, die Ihnen den Battehn gegeben hat..., was hat sie Ihnen erzählt?

Ein anderer rief von hinten aus dem Saal:

– Ja! Was hat dir diese Frau gesagt?

Mit einer Handbewegung bedeutete er den Zuhörern, Geduld zu üben, trank einen Schluck Tee und nahm dann seine Geschichte wieder auf:

Die Frau war verängstigt. Sie bemühte sich, es nicht zu zeigen, doch man spürt diese Dinge. Sie mußte etwas fürchten, als werde sie von Rachsucht, von schlechtem Gewissen oder ganz einfach von der Polizei verfolgt. Ich weiß nicht, ob sie das Verbrechen, dessen sie sich beschuldigte, begangen hatte. Ich weiß, daß sie einem Ausländer, einem Araber aus Lateinamerika gefolgt war, einem ägyptischen oder libanesischen Geschäftsmann, der gekommen war, Teppiche und Schmuck einzukaufen. Sie ging mit ihm auf und davon im Glauben, ihrer Vergangenheit zu entrinnen. Für den Mann war es eine Liebesgeschichte. Für sie war es die Gelegenheit zur Flucht. Und dennoch hat sie einige Jahre lang mit diesem reichen Kaufmann gelebt. Sie schenkte ihm keine Kinder. Der Mann war unglücklich. Sie trug eine Bürde und sagte oft jenen Satz, den ich euch unverändert weitergebe: «Ich werde davon leben, mich zu vergessen.» Der Mann war Geschäftsmann und nicht Dichter. Ihre Schönheit und Zartheit erschütterten ihn. Anfangs wollte sie ihm bei seinen Geschäften helfen, aber das verstimmte ihn etwas. Sie verbrachte ganze Tage in einem großen Haus in der Nordstadt von Buenos Aires. Sie hat es mir nicht gesagt, aber später habe ich von Fernando Torres, dem Autor des ‹Unvollendeter Bericht› erfahren, daß seltsame Dinge im Haus eines arabischen Kaufmanns geschehen waren.

Bei ihrem ersten Besuch sprach sie wenig. Beim zweitenmal – es war siebzehn Tage später – sprach sie etwas mehr, vertraute mir aber keinerlei Geheimnis an. Ich fühlte, daß sie gehetzt, verwundet, am Rande einer Schlucht, auf der Spitze eines Felsens stand. Sie sprach vom Verschwinden, im Sand vergehen. Sie gab vor, Tag und Nacht von Leuten verfolgt zu werden, denen sie etwas angetan habe. Und wenn sie fertig war mit Klagen, fügte sie seufzend hinzu: «Schließlich weiß ich nicht einmal, wer ich bin!» Aus ihrer Beichte habe ich behalten, daß sie zumindest dreier Dinge fähig gewesen war: das Leben eines anderen zu leben, jemanden sterben zu lassen, zu lügen und die Flucht zu ergreifen. Ich konnte mir daraus noch keinen Kriminalfall zusammenreimen. Statt vor einer Ermittlung stand ich vor einem Rätsel. Diese Frau schlug mich in ihren Bann. Noch lange nach ihrem Verschwinden hatte ich manchmal das dringende Bedürfnis, sie zu suchen, mit ihr zu sprechen, sie auszufragen. Sie pflegte ihr Geheimnis. Vielleicht war sie die einzige, die mir nicht von Labyrinthen, Spiegeln und Tigern erzählte. Jedenfalls war sie das letzte Gesicht, das meine Sehkraft für die Ewigkeit speicherte. Ein volles Gesicht. Wie ihr euch denken könnt, habe ich flache Gesichter oder dicke, feuchte Hände nie gemocht.

Damals war ich gerade fünfundfünfzig geworden. Ein Teil

meines Lebens war also abgeschlossen. Die Blindheit ist ein Abschluß, aber auch eine Erlösung, eine Einsamkeit, die Erfindungen begünstigt, ein Schlüssel und eine Algebra*. Ich nahm jene Nebeldecke folglich frohgemut auf. Sicher, unabänderliches und unbewegliches Zwielicht ist unerträglich. Ich trauerte vor allem um die Farben. Ich habe das Rot auf immer verloren. Was das Schwarz betrifft, so ist es verschmolzen mit der unerwünschten Nacht. Nur das Gelb hat sich in diesem Dunst erhalten. Ich beschloß, nicht meine Wahrnehmung, sondern meine Beschäftigungen zu ändern. Ich hatte mein Leben vorrangig den Büchern gewidmet. Ich habe Bücher geschrieben, veröffentlicht, zerstört, gelesen, geliebt..., mein ganzes Leben mit Büchern. Diese von einer wohltätigen Hand gesandte Frau kam genau vor meiner Nacht, mir ein letztes Bild zu geben, meiner Erinnerung ein Gesicht zu schenken, das völlig einer Vergangenheit zugewandt ist, die ich nur erahnen kann. Für mich war das kein Zufall, sondern eine namenlose Wohltat: Ich sollte in meine unterirdische Reise das Bild einer ergriffenen Schönheit mitnehmen. Ich trat in die Dunkelheit ein in Begleitung dieses Gesichts, das, mehr als die Bücher, mein Leben, diesen langen Korridor zur Dämmerung vereinnahmen sollte. Heute kann ich sagen, daß ich mich mit diesem Gesicht abgemüht habe. Seine Züge entfielen mir oft. War es das Bild eines Bildes, eine bloße Illusion, der Schleier über einem Leben oder eine im Traum erarbeitete Metapher? Ich weiß, daß das Interesse an diesem Gesicht und an diesem Eindringling in mein ermattetes Eigenleben mir die Jugend zurückgegeben, mir Mut gemacht hat, zu reisen und etwas oder jemanden zu suchen.

Bevor ich die Spuren dieses Gesichts zurückverfolgte,

* Algebra, nach dem arabischen AlJabr, Zwang, Einschränkung – A. d. Ü.

mußte ich mich einiger Geheimnisse entledigen. Ich war nicht mehr verpflichtet, sie zu wahren. Ich bin an den Maldonado-Bach gegangen – heute verläuft er unterirdisch – und habe mich mit einem glatten Stein gewaschen, mit eben jenem Stein, mit dem die Moslems in der Wüste das Wasser der Reinigungen ersetzen. Ich habe meine Reinigungen in Gedanken an die dahingegangenen Freunde und an alles, was sie mir vor ihrem Tod anvertraut hatten, vollzogen. Nur das Geheimnis dieser arabischen Frau ist hier in meiner Brust verblieben. Es wacht über mich, und ich habe keinerlei Anhaltspunkt, außer der Geschichte einer Verkleidung, die sich ins Böse wendete. Die Münze war ein Hinweis für meine Nachforschungen. Als ich letztens durch die Gärten von Alhambra schlenderte, überflutet vom Duft der frischen Erde, die spanische Gärtner umgegraben hatten, um Rosen zu pflanzen, hatte ich die sehr starke Eingebung, daß sich hinter diesem Gesicht eine von Qualen gezeichnete Seele verberge und daß ich weiter müsse bis nach Tetuan, Fes und Marrakesch. Diese Reise hat etwas von einer Pilgerfahrt. Ich muß sie ohne Unterbrechung durchführen, bis ich dieser Seele ihren Frieden, ihre Ausgeglichenheit und Ruhe wiedergegeben habe. Es ist eine angekettete Seele. Sie leidet. Vielleicht ist diese Frau schon lange tot. Doch ich höre ihre Stimme weiterhin nicht sprechen, sondern flüstern oder klagen. Ihr Schmerz hat von mir Besitz ergriffen und nur die Erde dieses Landes, sein Licht, seine Düfte und sein Aufbruch werden ihr Frieden verschaffen. Sie hätte mir gern ihre Geschichte erzählt, ohne das Unerträgliche abzumildern, doch sie hinterließ mir dann lieber zu entziffernde Zeichen. Die erste Metapher ist ein Ring mit sieben Schlüsseln zu den sieben Stadttoren. Jede geöffnete Tür soll ihrer Seele Frieden verschaffen. Beim Lesen des Romans von Al Mo'atassim, einer anonymen, im fünfzehnten Jahrhundert unter einer Steinplatte der Moschee von Cordoba aufgefundenen Handschrift, habe ich den Sinn dieser ersten Gabe verstanden. Ich glaube zu wissen, daß ein Erzähler aus dem äußersten Süden versucht hat, durch diese Tore zu treten. Schicksal oder Böswilligkeit hinderten diesen armen Mann an der Vollendung seiner Aufgabe.

Als zweites Zeichen gab sie mir eine kleine, zeigerlose Uhr. Sie stammt genau aus dem Jahre 1851, demselben Jahr, in dem die Fünfzig-Centime-Münze in Ägypten geschlagen und schnell aus dem Verkehr gezogen wurde. Sie gab mir auch einen Gebetsteppich, auf dem in ungeordneter Reihenfolge die berühmte Hochzeitsnacht von Chosros und Hirin abgebildet ist, eine persische Miniatur, die ein Manuskript des Khamzeh, ein Werk des Dichters Nizämy, illustriert. Eine solche Unverfrorenheit. Niemals würde ein guter Moslem sein Gebet auf einer erotischen Abbildung des sechzehnten Jahrhunderts verrichten! Ich habe versucht, aufgrund der sieben Schlüssel, der Uhr und der Münze eine geheime Ordnung zu entziffern. Ich bin ganz sicher noch nicht auf der richtigen Fährte. Das letzte von ihr hinterlassene Indiz ist nun kein Gegenstand, sondern ein Traumbericht, der mit einem Gedicht beginnt, das sie dem im zehnten Jahrhundert lebenden Firdussi zuschreibt. Ich lese ihre Niederschrift des Gedichts vor:

In diesem geschlossenen Körper ist ein junges Mädchen,
dessen Antlitz leuchtender ist als die Sonne.
Von Kopf bis Fuß ist sie wie Elfenbein,
Wangen wie der Himmel und ein Wuchs wie eine Weide.
Auf ihren Silberschultern zwei dunkle Zöpfe,
deren Ende wie die Ringe einer Kette sind.
In diesem geschlossenen Körper ist ein erloschenes Gesicht,
eine Wunde, ein Schatten, und ein Aufruhr,
ein in einem anderen Körper verborgener Körper…

Wie ihr bemerkt habt, hat sie das Gedicht verfälscht. Das zeigt das Maß ihrer Verzweiflung. Der Traum trägt uns zu den Toren der Wüste, in diesen von Schriftstellern und Malern entworfenen Orient.

Andalusische Nacht

Der Traum war genau und sehr intensiv. Ich ging auf die Suche nach einem langen, schwarzen Haarschopf. Ich trat hinaus auf die Straße von Buenos Aires wie ein Schlafwandler, getrieben vom zarten und ungewöhnlichen Duft dieser Haarpracht. Ich erblickte sie kurz in der Menge und beschleunigte meine Schritte. Sie verschwand. So lief ich weiter bis vor die Stadt, ich verlor mich in Steinhaufen und ausgeglühten Kalbsschädeln inmitten dieser verstohlenen Vorstädte, die man heute Elendsviertel nennt. Ich war allein, der Modergeruch erschlug mich, und eine Bande halbnackter Gören, die beim Guerilla-Spielen Holzstücke wie Gewehre schwangen, bespuckte mich. Ich hatte Angst. Mein Traum wurde zum Alptraum. Ich vergaß, warum ich meine Bibliothek verlassen hatte und wie ich hierher gekommen war unter diese ausgehungerten Straßenjungen, die nur darauf warteten, mich zu lynchen. Es gelang mir nicht zu rennen. Ich war dem Tod durch Ersticken ausgeliefert. Ich kannte dieses Gefühl. In jenem Augenblick höchster Aufregung erblickte ich erneut den schwarzen Haarschopf. Ich war gerettet. Ich verließ das Elendsviertel ohne Schwierigkeiten. Einige hundert Meter weiter bedeutete mir eine Gestalt mit einer Handbewegung, ihr zu folgen. Ich gehorchte und befand mich plötzlich mitten in der Medina einer arabischen Stadt. Kein Haarschopf weit und breit. Niemand, der mir Zeichen gab. Ich war allein, beruhigt und sogar froh über den Spaziergang in diesen engen, schattigen Gäßchen. Nicht alle Frauen waren verschleiert. Die Männer preisen gewitzt ihre Waren an. Sie verkauften in allen Farben leuchtende Gewürze, Lederpantoffeln, Teppiche, Wolldecken, getrocknete Früchte. Einige schrien, andere sangen. Vor meinen Augen erschien die Medina als Gewirr von Örtlichkeiten – Straßen und Plätzen –, in denen alle Wunder möglich waren. Mit etwas Glück konnte ich die schwarzhaarige Frau wiederfinden. Überwältigt und erstaunt schlenderte ich – soeben von einem argentinischen Elendsviertel in eine arabische Medina versetzt – weiter. Fliegende Händler und alte Bettler säumten die Straßen. Da war der Scherenschleifer mit seinem auf ein Fahrgestell montierten Rad, der sich ankündigte, indem er in eine Art Plastikharmonika mit durchdringendem, von weitem hörbaren Ton blies. Da war der Wasserverkäufer, ein alter gebeugter Mann, der einen langen, schmerzerfüllten Schrei ausstieß – zwischen dem Geheul eines drohenden Wolfes und dem Winseln eines verlassenen Hundes –, um die Frische und Güte des Quellwassers zu preisen, das er in einem schwarzen Schlauch über dem Rücken trug. Da waren auch Bettler, die unentwegt die gleiche Litanei fast mechanisch herunterbeteten, mit ausgestreckter Hand, unbeweglich, ewig. Ohne sie gäbe es die Straße nicht. Sie gehört ihnen. Ich weiß nicht warum, ich war plötzlich fest davon überzeugt, daß der Wasserverkäufer, der Scherenschleifer und einer der Bettler, ein Blinder, an meiner unvollendeten Geschichte teilnahmen. Ich sah sie als Verwandte oder Partner; ich war mir auch sicher, daß sie sich abgesprochen hatten, mir den Weg vorzuzeichnen und in Gesang und Haltung ein und dasselbe Gesicht darzustellen, mit einem schmächtigen, unsicheren, von den Fluten einer aus all diesen Gassen zusammengeflossenen Geschichte hin- und hergeschleuderten Körper. Ich beobachtete diese drei Männer in jener Medina wie Schatten, die sich der Sonne nach bewegen. Später im Traum habe ich erfahren, daß sie von jemandem dorthin geschickt worden waren, dessen Erinnerung mich wie ein Schmerz verfolgte. Mir tat es weh, und ich konnte nicht sagen wo. Als ich mich, im Eingang einer Moschee zusammengekauert, auf diesen Schmerz konzentrierte, sah ich, wie eine Erscheinung, das Gesicht einer jungen Frau, von einer inneren Verkrampfung zerknittert, angeschwollen, ich sah das Gesicht, dann den schmächtigen, wie in einen großen Einkaufskorb zusammengekrümmten Körper, die Beine waren entweder zusammengeschrumpft oder in der Erde verwurzelt. Ich sah als einziger dieses rohe Bild in jener dunklen Gasse, wahrscheinlich auf der anderen Seite der Moschee. Plötzlich verdunkelte sich alles. Die Medina wurde zur Stadt der Finsternis, und ich hörte nur die Trauerlitanei der drei Männer. Ihre schrillen, näselnden Stimmen zeichneten die Züge jenes Gesichts. Es war mehr als eine Vision, es war eine Anwesenheit, deren Atem und Wärme ich spürte. Sie verschwand mit dem vorübergehenden Schweigen.

Dieser Traum hat mich mehrere Tage lang verfolgt. Ich wagte nicht mehr, aus meiner Bibliothek hinauszutreten, fürchtete die Nacht und den Schlaf. Der schwarze Haarschopf war in Wahrheit nur der Bote des Todes, der mich auf das Nichts zustieß. Ich beschloß, meine Traumreise zu machen, um von diesem Verfolgungswahn loszukommen. Zwischen dem Tod und mir liegt schließlich und endlich nicht mehr als eine Jahreszeit. Da kann ich auch auf die Prüfung zugehen. Ich habe vergessen, euch zu sagen, daß das in dieser Medina gehandelte Geld die wohlbekannte Münze, der Battehn, war. Es gab auch Banknoten aus unserer Zeit.

Freunde! Ihr Habt den Fremden angehört mit der Geduld, die eurer Gastfreundschaft ziemt. Doch seit diese Geschichte und ihre Figuren meine Nacht umschleichen, ist meine Seele entschlummert. Wie der Tag der Nacht verfällt, verlieren sich die Flüsse im Meer, und mein Leben zerfließt rastlos im Angesicht des Vergessens. Ich dachte, der Tod käme plötzlich, ohne Vorwarnung, ohne Getue. Ich habe mich geirrt. Er hat verschlungene Pfade eingeschlagen, was mir nicht unbedingt mißfällt! Er hat sich Zeit gelassen. Meine Seele ist aufgewacht, und mein Körper hat sich erhoben und in Bewegung gesetzt. Ich bin ihm gefolgt, ohne viel zu fragen. Ich habe Europa durchquert und in Andalusien haltgemacht. Trotz meines hohen Alters und zunehmender Gebrechlichkeit bin ich über die Stränge geschlagen: Ich habe einen ganzen Tag im Alhambra-Palast verbracht. Ich habe die Witterung der Dinge eingesogen, die Düfte der Erde und der Steine aufgenommen, die Mauern gestreichelt und meine Hand auf dem Marmor ruhen lassen. Zum erstenmal seit dem Erlöschen meiner Augen erging ich mich im Alhambra. Gegen Abend versteckte ich mich im maurischen Bad. Die Wächter merkten nichts. Ich ließ mich im Palast und in den Gärten einsperren. Gegen neun Uhr dunkelte es. Es war im Juli. Die Luft war mild. Wie ein Kind stahl ich mich aus meinem Versteck. Welches Glück! Welche Freude! Ein leichtes Zittern überkam mich. Ich ging frei, ohne mich vorzutasten, lauschte dem Gurgeln des Wassers, atmete tief den Jasmin, die Rosen und die Zitronenblüten ein. Ich hörte auf das Echo einer andalusischen Melodie, die genau hier vor fünf Jahrhunderten erklungen war. Als das Orchester verstummte, rief der Muezzin mit nackter, kräftiger Stimme zum Gebet. Ich dachte an die Könige, Prinzen, Philosophen und Gelehrten, die dieses Königreich verlassen, das Land und seine Geheimnisse dem Kreuz der Ungläubigen überlassen hatten. Meine Hände auf dem Marmor, das war der Abschied vom Tag, das Ende der Nostalgie, der Abschied vom Gedenken an die alte Zeit. Ich durchlebte die Nacht in verwirrter Glückseligkeit. Das Mondlicht machte mich zu seinem Geliebten. Mein Reich der Dunkelheit verschmolz in der sanften, die Alhambra umschließenden Nacht. Mir ist, als hätte ich in dieser andalusischen Nacht für einen kurzen Augenblick das Augenlicht wiedererlangt. Sie erleuchtete meine eigene Nacht, diese geschmähte, in der Zeit versetzte, auf der anderen Seite der Mauern verlassene Einsamkeit. Sicher, ich hörte Stimmen. Welch ein Fest. Dichter deklamierten Verse, die sich mir eingeprägt hatten. Ich sprach sie mit ihnen. Dem Klang der Stimmen folgend, kam ich zum Hof der Löwen. Dort herrschte die lastende Stille einer reglosen Zeit. Ich ließ mich auf der Erde nieder, ganz so, als hätte mir jemand befohlen, dort zu bleiben und mich nicht mehr zu rühren. Die Dichter waren verstummt. Ich suchte meine Stimme in der Erinnerung meiner selbst. Die früheste Erinnerung des Jugendlichen, der ich gewesen war, in Begleitung seines bereits blinden Vaters in eben diesen Gärten. Plötzlich drang eine zugleich ernste und spöttische Frauenstimme von außen an mein Ohr. Ich hatte so etwas wie eine Vorahnung gehabt. Diese Orte waren bewohnt. Sie sprach langsam die ersten Buchstaben des arabischen Alphabets: Aleph ... Ba ... ta ... Djim ... ha ... dal ... Der Gesang der Buchstaben erfüllte den Hof. Ich blieb bis zum Morgengrauen, ohne eine Bewegung, konzentriert auf meine Ohren, ich umkrampfte die Marmorstatue. Es war eine Frauenstimme in einem Männerkörper. Unmittelbar vor Tagesanbruch umfaßten zwei starke Hände meinen Hals und versuchten, mich zu erwürgen. Ich wehrte mich mit letzten und deshalb furchtbaren Kräften. Ich verfügte über eine ungeahnte physische Stärke. Ziellos schlug ich mit meinem Stock zu. Der Mann stieß einen Schmerzensschrei aus, ohne jedoch seinen Griff zu lockern. Ich spürte, wie sein Körper sich leicht nach links bewegte. Im selben Atemzug bäumte ich mich auf und versetzte dem Angreifer einen kräftigen Schlag.

War er ein menschliches Wesen, ein Würgeengel, ein Gespenst, ein zu einsamem Sterben verdammter Vogel, war es ein Mann oder eine Frau? Habe ich dieses Ringen mit einem verschleierten Mann wirklich erlebt, oder habe ich mir diesen Zwischenfall in der traumhaften andalusischen Nacht nur eingebildet? Ich weiß, daß ich am Morgen erschöpft war, daß mein Hals und mein Nacken schmerzten. Ich weiß, daß die Nacht lang und ereignisreich war. Ich weiß, daß ich am nächsten Tag ein anderer war. Es fiel mir schwer, Alhambra hinter mir zu lassen. Mein junger Begleiter war sicherlich beunruhigt. Er hatte begriffen, daß ich mich hatte einschließen lassen. Am frühen Morgen wartete er vor dem Haupteingang auf mich. Trotz meiner Erschöpfung und des Mangels an Schlaf fühlte ich mich glücklich. Jetzt weiß ich, daß die Gestalt, die sich in jener Nacht auf mich geworfen hatte, eine dichte, lange Perücke trug. Es muß der Tod oder seine Gefährtin gewesen sein. Der Tod, der mich verhöhnt, sich mit unveränderter Boshaftigkeit, unveränderter Unverfrorenheit an mich heranmacht und sich wieder davonstiehlt. Jene Nacht hätte die letzte sein sollen. Ich hätte in jener Nacht in Granada einen schönen Tod haben können. Aber ich habe mich mit der Besessenheit eines Jünglings gewehrt. Ich fühlte mich frei, erlöst von diesem langsamen, qualvollen Warten. Seither kann er meinetwegen kommen. Ich kenne sein Gesicht, seine Stimme. Ich kenne seine Hände. Ich weiß viel über ihn, aber mir bleibt, wie uns allen, verborgen, in welcher Stunde, an welchem Tag er kommen wird. Seit einigen Jahren bin ich immer unterwegs. Ich gehe langsam wie einer, der von so weit her kommt, daß er die Hoffnung aufgegeben hat, jemals anzukommen...

Wo bin ich jetzt gerade? Ich atme den starken Geruch frischer Minze, ich höre die Stimmen der Obsthändler, Küchengerüche wehen mir in die Nase, wir müssen uns ganz nah an einem kleinen Imbißstand befinden... starke Düfte, vermischt mit verbranntem Spiritus. Das alles berauscht einen alten Mann, der schon lange unterwegs ist. Bin ich das Opfer einer Verschwörung, belügt und betrügt man mich? Sagt mir jetzt, ihr, die ihr mein Schicksal in Händen haltet, hat man eine Leiche oder ein Buch in einem der Paläste von Cordoba, Toledo oder Granada gefunden?

Habe ich die andalusische Nacht geträumt oder erlebt? Seit jener Nacht in Granada verfolgt mich das Bild eines wahnsinnigen Schimmels, den man im Hof eines großen Hauses freigelassen hat. Euer Schweigen ist eine harte Prüfung. Mir ist das Land eurer Vorfahren so vertraut, und diese Dämmerung, die hereinbricht und euch umhüllt, so nah. Vollbracht wurde alles von einer Frau, die das Maßlose, das Unmögliche, das Undenkbare in sich aufnahm. Das sind die ersten Schimmer des Geheimnisses, dessen Lächerlichkeit ich einzig und allein preisgab, um die wenigen friedlichen Augenblicke zu bewahren, derer jeder bereits vom Tod umschlungene Mensch bedarf.

Auch ich könnte den Diwan von Almoqtadir El Maghrebi aus dem zwölften Jahrhundert zitieren, und ohne mich mit dem Sprecher zu identifizieren, möchte ich folgende Cuarteta in Erinnerung rufen:

«Murieron otros, pero ello aconteció en el pasado,
Que es la estación (nadie lo ignora) mas propicia a la muerte
¿Es posible que yo, súbdito de Yaqub Almansur,
Muera como tuvieron que morir las rosas y Aristóteles?»

«Andere starben, doch dies geschah in der Vergangenheit,
der (alle wissen es) günstigsten Zeit für den Tod.
Ist es möglich, daß ich, Untertan des Yaquoub al Mansour,
sterbe, wie die Rosen, wie Aristoteles sterben mußten?»

Tor des Sandes

Ein Mann mit kleinen, grauen, von Müdigkeit und der Zeit fast geschlossenen Augen, mit hennarotem Bart, den Kopf in einen blauen Turban eingemummt, auf ebener Erde sitzend, wie ein verwundetes Tier ausgestreckt, blickt auf den Fremden, der soeben in tiefen Schlaf verfallen ist, mit offenen, zur Decke gerichteten Augen, die nichts suchen, Träume, Spiegel, Wasserquellen, Fliegen, Schmetterlinge und den Tag vorüberziehen lassen.

Die Männer und Frauen rühren sich nicht. Sie fürchten, den fremden Gefangenen eines beunruhigenden, nur bruchstückhaft zugänglichen Geheimnisses unsanft zu wecken. Sie sinnen und warten. Das Licht des schwindenden Tages verrückt die Dinge, wirft Schatten auf die einfachsten Gegenstände, versieht sie mit Farben und Glanz, kurzum, zieht über die Gesichter, hält auf einen Blick inne und schwenkt dann über die Szene, ohne etwas zu verändern. Der grauäugige Mann versucht aufzustehen. Er hält sich kaum auf den Beinen, er stützt sich auf einen Hocker und schleppt sich mühsam zum Ausgang des Kaffeehauses. Sein abgenutzter, schmutziger Burnus umschließt ihn völlig. Man nimmt sein Gesicht, das er mit einem Turbanzipfel zu verbergen sucht, kaum wahr. Unter seinem Arm klemmt ein alter Ranzen. Er nähert sich dem reglosen Publikum, bleibt stehen und setzt sich auf einen knarrenden Stuhl. Mit einer Handbewegung bittet ihn ein Mann, keinen Lärm zu machen, doch der ausgeleierte Stuhl knarrt. Er bittet um ein Glas Wasser. Ein Nachbar bietet ihm sein halbgefülltes Glas an. Der alte Mann holt eine Prise gelben Pulvers aus seinem Ranzen, löst sie in Wasser auf und schüttet es hinunter, dabei ruft er murmelnd Gott an, seine Qualen abzukürzen und ihn zu heilen. Er setzt das

Glas ab, bedankt sich mit einer Kopfbewegung bei seinem Nachbarn, legt seinen Ranzen auf den Tisch, öffnet ihn und zieht ein großes, abgenutztes Heft heraus. Ohne Vorwarnung hält er das Heft hoch und sagt: «Alles ist da drin... Gott ist mein Zeuge...»

Der Zuhörerkreis gerät in Bewegung, wendet sich ab von dem schlafenden Fremden. Man dreht ihm den Rücken zu, überläßt ihn seinem Wachschlaf. «Alles ist da drin... und ihr wißt es...», wiederholt der Mann mit dem blauen Turban. Die mehrmalige Wiederholung dieses Satzes durch eine vertraute Stimme funktioniert wie ein Zauberschlüssel, der vergessene oder zugemauerte Tore öffnen kann. Er deutet auf den Blinden und sagt: «Der Tod dieses Mannes wird uns etwas ärmer machen. Unendlich viele Dinge – Geschichten, Träume und Länder – werden mit ihm sterben. Deshalb bin ich hier, ich bin wieder für einige Stunden, einige Tage bei euch. Vieles hat sich seit dem letzten Mal verändert. Manche sind weggegangen, andere sind dazugestoßen. Zwischen uns Asche und Vergessen. Zwischen euch und mir eine lange Abwesenheit, eine Wüste, durch die ich geirrt bin, eine Moschee, in der ich gelebt, eine Terrasse, auf der ich gelesen und geschrieben, ein Grab, in dem ich geruht habe. Ich habe lange Zeit gebraucht, zu dieser Stadt vorzudringen, in der ich weder die Orte noch die Menschen wiedererkannt habe. Ich war weggezogen, vom großen Platz verjagt worden. Ich bin lange durch Ebenen und Jahrhunderte gewandert. Alles ist da drin... Gott ist mein Zeuge...» Er hält einen Augenblick lang inne, starrt auf das große Heft, öffnet es, schlägt die Seiten um: Sie sind leer. Bei näherem Betrachten merkt man, daß noch Schriftspuren, Satzenden in blasser Tinte, kleine unbedeutende graue Bleistiftzeichnungen vorhanden sind. Er fährt fort: «Das Buch ist leer. Es ist verwüstet worden. Ich habe unvorsichtigerweise in einer Vollmondnacht darin geblättert. Das Mondlicht hat die Worte eins nach dem anderen ausgewischt, als es darauffiel. Nichts von dem, was die Zeit diesem Buch anvertraut hat, besteht mehr..., natürlich bleiben Bruchstücke..., einige Silben..., so hat sich der Mond unserer Geschichte bemächtigt. Was bleibt schon einem Erzähler, den der volle Mond schamlos beraubte? Ich war zum Schweigen, zur Flucht und zur Irrfahrt verurteilt und habe wenig gelebt. Ich wollte vergessen. Es ist mir nicht gelungen. Ich habe Scharlatane und Wegelagerer getroffen. Ich habe mich zu den in die Städte einfallenden Nomadenstämmen verirrt. Ich habe die Trockenheit, das Sterben der Herden, die Verzweiflung der Männer der Ebene erlebt. Ich habe das Land von Norden nach Süden und vom Süden in die Unendlichkeit durchmessen.»

Der Blinde wacht auf. Sein Kopf bewegt sich. Die offenen Augen richten sich ins Leere. Der Blick ist in der Schwebe wie am ersten Tag seiner Erblindung. Er erhebt sich. Ein leerer Stuhl fällt um. Ein unangenehmes Geräusch. Ein Junge stürzt hin und nimmt ihn am Arm. Sie treten gemeinsam auf den großen Platz, der um diese Zeit kaum belebt ist.

Der alte Mann flüstert dem Jungen einige Worte ins Ohr, dieser bleibt kurz stehen und geht dann zu einem Kaffeehaus, wo Männer und Frauen auf Matten am Boden im Kreis sitzen. In ihrer Mitte befindet sich eine langsam sprechende Dame in Weiß. Man schafft einen Platz für den Blinden, der sich mit gekreuzten Beinen hinsetzt. Seine ganze Aufmerksamkeit konzentriert sich auf die Stimme der Dame. Er wechselt so von einer Geschichte, über deren Schlüssel er zu verfügen glaubt, zu einer Erzählung, von der er weder den Anfang noch den Sinn kennt. Er ist glücklich, in der Mitte eines Satzes einzusteigen, als gehe seine Reise in die Medina wunschgemäß über in die Leidenschaft für das Abirren vom Wege, den Untergang im Labyrinth, das er in seiner Bibliothek in Buenos Aires entworfen hat. Die Dame unterbricht ihre Erzählung nicht: «...beim Berühren, und was das Sehen erst angeht!

Oder war dieses Schwert nur die Vision eines besessenen Prinzen! Und doch blitzte die Klinge in der Mittagssonne, und die Männer wuschen das verkrustete Blut von den Steinplatten...»

Mit einer Kopfbewegung stimmt der Blinde zu.

Am anderen Ende des Platzes, im Kaffeehaus, setzt der Mann mit dem blauen Turban seine Geschichte fort:

«Unsere Stadt hat sieben Tore, weil sie von sieben Heiligen geliebt wurde. Doch diese Liebe wurde zum Fluch. Ich weiß es jetzt, seit ich die Geschichte und das Schicksal der achten Geburt zu erzählen gewagt habe. Der Tod ist da, draußen, er dreht sich wie das Glücksrad. Er hat ein Gesicht, Hände und eine Stimme. Ich kenne ihn. Er begleitet mich seit langem. Sein Zynismus ist mir jetzt vertraut. Er macht mir keine angst. Er hat alle Figuren aus meinen Erzählungen dahingerafft. Er hat mir die Butter vom Brot genommen. Ich habe diesen Platz nicht nur verlassen, weil wir verjagt wurden, sondern auch, das gilt jedenfalls für mich, weil der Tod meine Helden einen nach dem anderen erledigte. Abends brach ich mitten in einem Bericht ab und versprach meiner treuen Zuhörerschaft die Fortsetzung der Abenteuer für den nächsten Tag. Wenn ich morgens wiederkam, war die Geschichte schon zu Ende. Der Tod hatte sich nachts über die Hauptpersonen hergemacht. So blieben mir nur lose Enden von Geschichten. Ich konnte nicht mehr leben und umherziehen. Meine Vorstellungskraft war zerstört. Ich versuchte, diese unerwarteten Todesfälle zu rechtfertigen. Das Publikum folgte mir nicht. Der Tod, den ich in der Ferne lachen und sarkastisch reden hörte, machte mich lächerlich. Ich schwafelte. Ich stotterte. Ich war kein Erzähler mehr, sondern ein Scharlatan, ein Hampelmann in den Händen des Todes. Anfangs verstand ich nicht, was mir geschah. Ich beschuldigte mein mit zunehmendem Alter abgenutzes Gedächtnis. Es war nicht einmal eine Frage der Unfruchtbarkeit, denn ich besaß einen umfassenden Vorrat an Geschichten. Wenn ich aber anfing, sie zu erzählen, entleeerte sich ihre Substanz. Ich verbrachte schlaflose Nächte. In einer dieser Nächte erschien mir der Tod mit den Gesichtszügen einer meiner Figuren, der achten Geburt: Ahmed oder Zahra, und drohte mir mit allen himmlischen Zornesblitzen. Er warf mir vor, das Geheimnis verraten, durch meine Anwesenheit das Reich des Geheimen, den Ort, wo das Geheimnis tief und verborgen ist, besudelt zu haben. Es-ser El Mekhfi, das höchste Geheimnis, hatte von mir Besitz ergriffen. Es war so tief verscharrt, daß es ohne mein Wissen meine Fäden in der Hand hielt. Welcher Leichtsinn! Welche Unvernunft! Mein Pech hatte bereits begonnen. Mein Unglück war unendlich. Ich sah den Wahnsinn näherrücken. Ich hatte kein Gesicht mehr, das ich dem Publikum hätte zeigen können. Ich schämte mich. Der Fluch war über mich gekommen. Weder ihr noch ich werden jemals das Ende jener Geschichte erfahren, die nicht alle Tore durchdringen konnte. Ich mußte mich verstecken. Ich versuchte, umzusatteln, andere Berufe zu ergreifen. Öffentlicher Schreiber. Ich hatte keinen Kunden. Als Wundheiler blieb ich erfolglos. Vor mir als Lautenspieler stopften sich die Zuhörer die Ohren zu. Nichts gelang. Verflucht. Ich war verflucht und ohne jede Hoffnung. Ich pilgerte in den äußersten Süden des Landes. Nach monatelangem Fußmarsch und Irrfahrten gelangte ich in seltsame Dörfer, die in meinem Wahn Phantome, leere Körper zu sein schienen, die mir der mich foppende und folternde Tod in den Weg gestellt hatte. Ich erinnere mich, wie ich eines Abends erschöpft unter einem Baum, an einem verlassenen Ort, wo nur Steine und dieser Baum waren, eingeschlafen war. Als ich am nächstenTag aufwachte, befand ich mich in einem Friedhof, in dem eine Menge weißgekleideter Leute in einer großen Grube nackte Jugendliche ohne Leichentuch beerdigten. Ich war entsetzt. Ich näherte mich der

Grube und glaubte, die Leiche meines Sohnes zu erblicken. Ich brüllte. Eine starke Hand legte sich auf meinen Mund und erstickte meinen Schrei. Ich war besessen und bewegte mich instinktiv. Manchmal ging ich lange Zeit vorwärts und befand mich am Ende durch einen unerklärlichen Zufall wieder an meinem Ausgangspunkt. Die Figuren, die ich zu erfinden glaubte, tauchten unterwegs auf, sprachen mich an und forderten Rechenschaft. Ich fiel meinem eigenen Wahnfieber zum Opfer. Man zeigte auf mich, gab mich dem Volkszorn preis und beschuldigte mich des Verrats. So hielt mich Ahmeds Vater in einem alten Gebäude gefangen und verlangte, ich solle auf den Platz zurückkehren und die Geschichte anders erzählen. Er war ein verbitterter, roher Mann, wahrscheinlich auf der Schwelle zur Hölle. Die Mutter saß in ihrem kleinen Behindertenwagen hinter ihm. Sie spie unentwegt auf die Erde. Ihre glasigen Augen starrten mich an und machten mir angst. Ich habe auch Fatima auf einem Feldweg getroffen. Sie war nicht mehr krank. Es war an einem Freitag, am hellichten Tag. Sie blieb stehen und sagte: «Ich bin Fatima. Ich bin geheilt.» Sie erschien mir mit Blumen überladen, glücklich wie eine, die gerade dem Schicksal ein Schnippchen geschlagen hat. Sie lächelte leicht. Ihr weißes Kleid – halb Leichentuch, halb Brautkleid – war fast unversehrt; nur ein wenig Erde war in den Falten haftengeblieben. Sie sagte mir mit ruhiger Stimme: «Erkennst du mich jetzt? Ich bin die, die du zum Opfer deiner Figur auserwählt hast. Du hast mich schnell abgeschoben. Jetzt komme ich wieder, die Orte zu besuchen und die Dinge zu beobachten, die für mich unsterblich sein sollten. Ich sehe, das Land hat sich nicht verändert. Und du bist verloren. Du hast deine Geschichte und deinen Verstand verlegt. Die Erde ist trocken, vor allem im Süden. Ich kannte den Süden nicht. Ich verfolge die Spuren deiner Geschichte zurück. Ich zähle die Toten und warte auf die Überlebenden. Du bist machtlos gegen mich. Ich gehöre zu jener Ewigkeit, von der du redest, ohne sie zu kennen. Das Land hat sich nicht verändert, oder, besser, ich sehe, daß sich der Stand der Dinge verschlimmert hat. Es ist merkwürdig! Die Leute verbringen ihr Leben damit, Schläge einzustecken; sie werden täglich gedemütigt, sie zucken nicht mit der Wimper, und dann, eines schönen Tages, gehen sie auf die Straße und schlagen alles kurz und klein. Die Armee schreitet ein und schießt zur Wiederherstellung der Ordnung in die Menge. Schweigen und den Kopf in den Sand stecken. Eine große Grube wird ausgehoben und die Körper werden hineingeworfen. Es wird chronisch. Als ich krank war, sah ich nicht, was um mich herum vorging. Ich kämpfte mit meinen Anfällen und wartete auf die Erlösung. Heute höre ich alles, vor allem die Kinderschreie und die Schüsse. Wie dumm, an einer verirrten Kugel zu sterben, wenn man noch nicht einmal zwanzig ist. Ich sehe sie völlig verdutzt daherkommen. Arme Kinder...»

Sie hielt einen Augenblick inne, holte aus einer von den Blumen verdeckten Tasche Datteln und bot sie mir an: «Hier, iß diese Datteln, sie sind gut. Keine Angst, es sind nicht die, die man anstelle der Augen auf die Gesichter der Toten legt. Nein, es sind Datteln, die ich heute früh gepflückt habe..., iß sie und dir wird alles klarer werden!...»

Und tatsächlich, als ich sie alle hinuntergeschlungen hatte, sah ich klar, so klar, daß ich gar nichts mehr sah. Ein sehr starkes Licht blendete mich, und ich sah nur in eine weiße Klarheit getauchte Schatten. Natürlich war niemand mehr bei mir. Fatima war verschwunden. Ich rieb mir die Augen. Ich rieb so viel, daß es schmerzte. Ich war völlig besessen von dieser Geschichte und diesen Leuten. Wißt ihr, auch ohne abergläubisch zu sein, sollte man mit solchen Dingen nicht spaßen! Die Geschichten, die man erzählt, sind wie Orte. Sie werden von denen bewohnt, denen sie vor Menschengedenken gehört haben, nicht unbedingt von sogenannten Geistern. Eine Geschichte ist wie ein Haus, ein altes Haus mit Ebenen, Stockwerken, Zimmern, Gängen, Türen und Fenstern, Speichern, Kellern oder Grotten, überflüssigen Räumen. Die Mauern sind das Gedächtnis. Kratzt ein wenig an einem Stein, spitzt die Ohren, und ihr werdet einiges zu hören bekommen! Die Zeit sammelt auf, was der Tag trägt und die Nacht zerstreut. Sie bewahrt und hebt auf. Das Gestein ist Zeuge. Der Zustand des Gesteins. Jeder Stein ist eine geschriebene, gelesene und zusammengestrichene Seite. Alles ist im Keim der Erde aufgehoben. Eine Geschichte. Ein Haus. Ein Buch. Eine Wüste. Eine Irrfahrt. Reue und Vergebung. Wußtet ihr, daß vergeben verstecken heißt? Ich habe weder Ruhm noch Herrlichkeit, die mich gen Himmel trügen. Ich habe die fünf Gebete vergessen. Ich dachte, die Quelle, aus der ich meine Geschichten schöpfe, würde nie versiegen. Wie der Ozean. Wie die aufeinanderfolgenden, wechselhaften und doch immer Regen spendenden Wolken. Ich suchte Vergebung. Wer wagte es, mir dieses Vergessen zu gewähren? Man hat mir gesagt, ein unbekannter Dichter könne mir helfen, der Heilige des umhüllenden und verbergenden Sandes. Ich bin aufgebrochen. Ich habe alles abgestreift und bin der Karawane zu Fuß gefolgt. Ich habe alles aufgegeben. Ich habe mich in ein härenes Gewand gekleidet und ohne einen Blick zurück den Weg nach Süden eingeschlagen. Ich hatte keine Familie, keinen Beruf, keine Bindungen mehr. Vorher lebte ich, ohne mich um das Morgen zu sorgen. Ich hatte meinen reservierten Kreis auf dem großen Platz. Ich hatte ein treues und aufmerksames Publikum. Meine Geschichten ernährten mich. Ich schlief ruhig. Ich wühlte in den alten Handschriften. Ich klaute aus den Geschichten der anderen, bis zu dem Tag, an dem eine arme Frau aus Alexandria mich aufsuchte. Sie war dürr und braunhaarig, ihr Blick erfaßte die Dinge genau. Unter allen Erzählern des Platzes, deren Berichten sie gelauscht hatte, wählte sie mich. Sie sagte es mir gleich: «Ich habe allen zugehört, nur Sie könnten die Geschichte meines Onkels erzählen, der in Wahrheit meine Tante war! Ich muß die Bürde dieses Rätsels abwerfen. Dieses Geheimnis hat lange auf unserer Familie gelastet. Wir haben die wirkliche Identität meines Onkels an seinem Todestag entdeckt. Seither Leben wir in einem Alptraum. Ich habe mir gedacht, wenn wir diese Geschichte an die Öffentlichkeit bringen, machen wir sie zur Legende, und wie jeder weiß, sind Mythen und Legenden erträglicher als die strenge Wirklichkeit.»

Sie erzählte mir die Geschichte von Bey Ahmed in allen Einzelheiten. Zwei Tage lang. Ich hörte ihr zu und überlegte, was ich aus all diesen Angaben machen und wie ich sie auf unser Land übertragen könnte. Alles in allem gibt es wenig Unterschiede zwischen unseren beiden nordafrikanischen, arabischen und islamischen, feudalen und traditionellen Gesellschaften. Ich habe sie gefragt, warum ihre Wahl auf mich gefallen ist. Sie sagte mir, vielleicht um mir zu schmeicheln, ich hätte mehr Vorstellungskraft als die anderen und fügte dann hinzu: «Jetzt ist diese Geschichte in Ihnen. Sie wird Ihre Tage und Nächte ausfüllen. Sie wird sich ein Bett in Ihrem Körper und Geist graben. Sie werden ihr nicht mehr entgehen können. Es ist eine Geschichte, die von weit her kommt. Sie hat in enger Vertrautheit mit dem Tod gelebt. Seit ich sie erzählt habe, fühle ich mich besser, leichter und jünger. Ich überlasse Ihnen einen Schatz und einen tiefen Brunnen. Achtung, verwechseln Sie die beiden nicht, es könnte Sie um den Verstand bringen! Seien Sie des Geheimnisses und seiner Wunden würdig. Überliefern Sie den Bericht über die sieben Gärten der Seele. Leben Sie wohl, mein Freund und Mitwisser!»

Bevor sie ging, überreichte sie mir ein großes, mehr als zweihundert Seiten starkes Heft, dem Bey Ahmed sein Tagebuch und seine Gedanken anvertraut hatte. Ich habe es wieder und wieder gelesen. Ich war jedesmal erschüttert und wußte nichts mit dieser Geschichte anzufangen. Also fing ich an, sie zu erzählen. Je weiter ich vordrang, desto tiefer versank ich im Brunnen ..., meine Figuren verließen mich ..., ich konnte nur noch die Schäden aufnehmen, bis zu dem Tag, an dem ich, wegen der Säuberung des großen Platzes, meine Reise in den Süden antrat. Als der Vollmond das Buch seiner Schrift entleert hatte, bekam ich anfangs Angst, aber das waren die ersten Anzeichen meiner Befreiung. Auch ich habe alles vergessen. Wenn unter euch einer unbedingt die Fortsetzung dieser Geschichte erfahren will, wird er den Mond, wenn er ganz voll ist, befragen müssen. Ich aber lege vor euch das Buch, das Tintenfaß und den Federkiel ab. Ich gehe, den Koran auf den Gräbern der Toten zu lesen!

Dezember 1982 – Februar 1985

Glossar

Djellaba marokkanischer Ausdruck für ein langes Gewand mit kurzen Ärmeln und Kapuze, das in Nordafrika Männer und Frauen tragen

Fez von Fez, Stadt in Marokko, röhrenförmige Wollmütze

Fqih Rechtsgelehrter für religiöses Recht; in der Volksreligiosität jemand, der Amulette schreibt

Gandura maghrebinischer Ausdruck für eine Art ärmelloses langes Hemd, das die nordafrikanischen Araber als Unterwäsche tragen

Hadsch, Hadscha Moslem, der bereits nach Mekka gepilgert ist, männliche und weibliche Form

Henna getrocknete und zu Pulver verarbeitete Rinde und Blätter des gleichnamigen tropischen Strauchgewächses, was wegen seiner rötlichen und gelblichen Färbeeigenschaft in islamischen Ländern zum Färben der Haare, Lippen, Lider und Finger benutzt wird.

Ibn Arabi arabischer Mystiker aus Andalusien, starb 1240 in Damaskus

Ibn Batuta aus Tanger stammender berühmter Weltreisender des 14. Jahrhunderts, der bis nach Sumatra gereist sein soll

Kaïd nordafrikanisch-arabischer Ausdruck für einen islamischen Beamten, der gleichzeitig Richter, Verwaltungsleiter und Polizeichef ist

Khôl dunkles Puder, das die Nordafrikaner auf Augenlider, Wimpern und Brauen auftragen

Kif Mischung aus Tabak und indischem Hanf

König Faruk 1936–1952 König von Ägypten

Mansour El Allaj arabischer Mystiker des 9. Jahrhunderts; wurde in Bagdad hingerichtet

Marabut von dem arabischen MORÂBIT «Mönch-Soldat», frommer Eremit, Heiliger des Islam, dessen Grab ein Wallfahrtsort ist; ebenfalls Bezeichnung für dieses Grab

Mokadem arabischer Honoratior der unteren Rangstufe

Moslembrüder 1928 in Ägypten gegründete, in diversen arabischen Ländern tätige fundamentalistische Sunnitische Bewegung

Mufti Theoretiker und Ausleger des islamischen Religionsrechts, der gleichzeitig religiöse, juristische administrative Funktionen hat

Quais und Leila in der arabischen Welt legendäres tragisches Liebespaar aus einem persischen Versepos und einer arabischen Gedichtsammlung, die Quais Ibn-Mulauwehr selbst zugeschrieben wird

Scheich Abdessamad Richter und Rechtsgelehrter im Córdoba des 12. Jahrhunderts

Sure Abschnitt des Korans

neue frau

Eine Auswahl

Griseldis Fleming
Donna
Sizilianische Frauenstunden (5296)

Liz Roman Gallese
Von den Folgen des Erfolgs
Gespräche mit Spitzenmanagerinnen (5770)

Consuelo Garcia
Luis im Wunderland
Roman (5049)

Martha Gellhorn
Das Wetter in Afrika
Ein Roman in Novellen (12354)

Elfriede Hammerl
Probier es aus, Baby
STERN-Einsichten (12376)

Aritha van Herk
Unter Männern
Roman (5867)

Sylvia Hoffmann
Kältetraining
Roman (4892)

Kathryn Hohlwein
Aufbruch in die mittleren Jahre
Ein Aufenthalt in Taiwan (5843)

Ulla Isaksson
Die Seligen
Roman (5882)

neue frau

Eine
Auswahl

Tove Jansson
Die ehrliche Betrügerin
Ein Märchen für Erwachsene (5694)
Die Tochter des Bildhauers
Roman (5903)

Anna Kavan
Wer bist du?
Roman (5792)

Susanna Kaysen
Der Mann ohne Seele
Roman (12365)

Margot Lang (Hg.)
Mein Vater
Frauen erzählen vom ersten Mann ihres Lebens (4357)

Doris Lessing
Der Sommer vor der Dunkelheit
(4170)

Sarah Lloyd
Eine indische Lieben
(5586)
China erfahren
Ein Reisebericht (12339)

Margaret Mead
Brombeerblüten im Winter
Ein befreites Leben (4226)

Daphne Merkin
Die Prinzessin von New York
Roman (12303)

rororo

C 912/10 b

neue frau

Eine Auswahl

Kerstin Thorvall
Die Verschwundene
Roman (12180)

Märta Tikkanen
Wie vergewaltige ich einen Mann?
(4581)
Die Liebesgeschichte des Jahrhunderts
Roman in Gedichten (4701)
Aifos heißt Sofia
Leben mit einem besonderen Kind (5166)
Der Schatten, unter dem du lebst
Eine Erzählung in Gedichten (5558)
Ein Traum von Männern, nein, von Wölfen
Roman (5946)

Esther Tusquets
Die Liebe ist ein einsames Spiel
Roman (4989)

Alice Walker
Die Farbe Lila
Roman (5427)

Fay Weldon
Briefe an Alice oder Wenn du erstmals Jane Austen liest (5896)

Maria Wimmer
Kindheit auf dem Lande (4291)

Andrea Wolfmayr
Spielräume
Roman (5335)

Sandra Young
Ein Rattenloch ist kein Vogelnest
Eine Jugend in den Slums von Baltimore
(5188)

rororo

C 912/10 e